EDOGAWA RAMPO

YOKOMIZO SEISHI

時空に棄てられた女

乱歩と正史の幻影奇譚

長江俊和

Nagae Toshikazu

KODANSHA

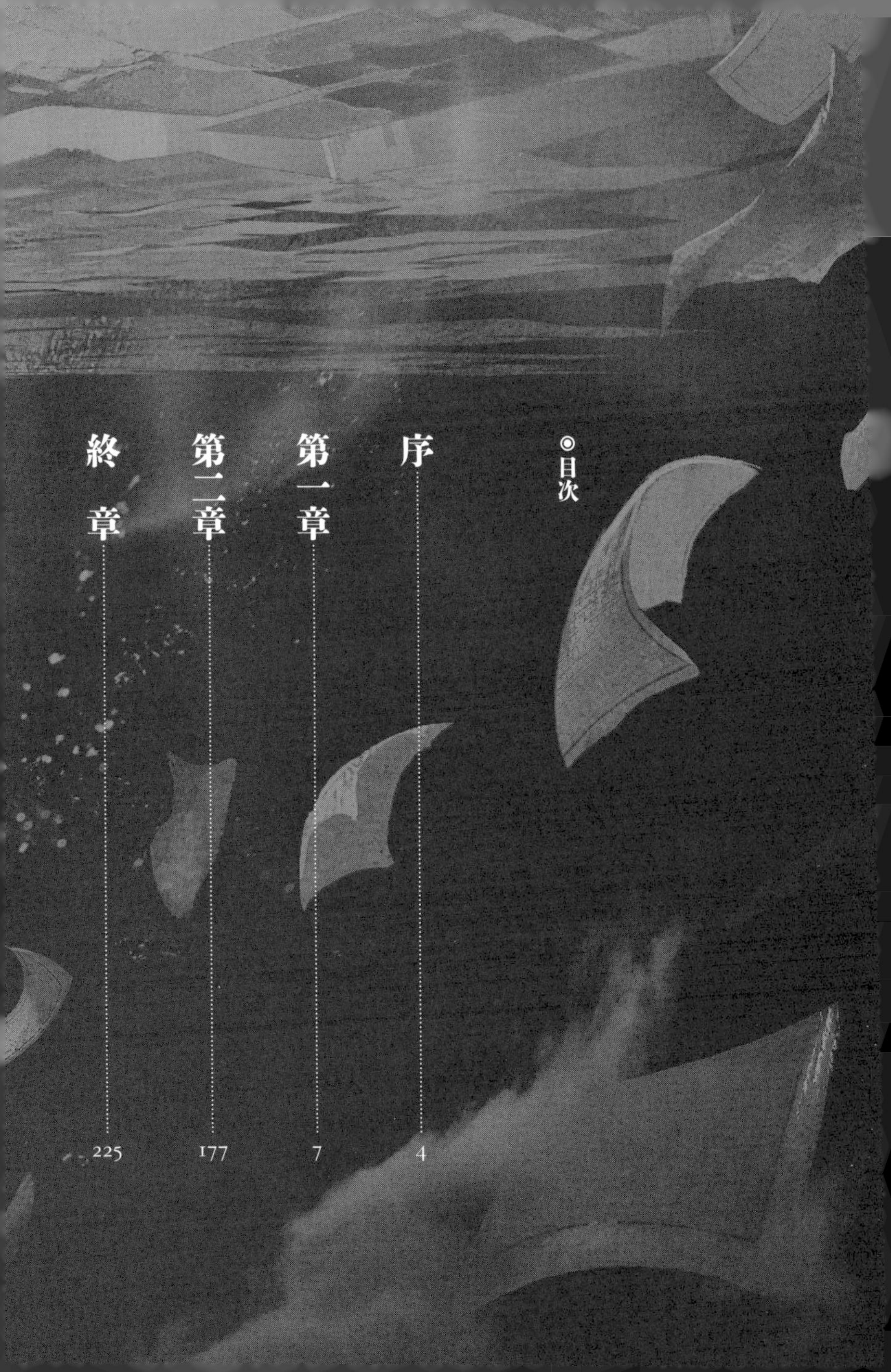

◎目次

時空に

YOKOMIZO
SEISHI

イラストレーション　尾崎伊万里
ブックデザイン　坂野公一（welle design）

EDOGAWA RAMPO

棄てられた女

乱歩と正史の幻影奇譚

序

「記録のために、録音させてもらってもいいですか」

「もちろんです」

私はＩＣレコーダーのＲＥＣボタンを押す。

二〇二二年五月二十日――

窓から見える新緑に囲まれたキャンパスには、陽光が降り注いでいる。閑散としたカフェテリアの一角。午後遅い時間のため、学生の姿はあまりなかった。

「今日は貴重なお時間をいただき、ありがとうございます。それでは、取材を始めさせていただきたいと思います」

「分かりました」

取材対象者は、溌剌《はつらつ》とした笑顔で答える。

「まずは原稿を入手した経緯からお聞かせ願えますか」

手にしていたカップに入ったコーヒーを口に含むと、彼は言う。

「最初に断っておきたいのですけど、原稿を見つけたのは僕ではありません。だから、今からお話しすることは、あくまでも僕自身の体験ではなく、全部その人から聞いた話なんです」

まっすぐな瞳を私に向けて、取材相手は話し続ける。

「僕は彼から相談を受けて、この事実を知りました。というわけなんですが、それでもよろしいでしょうか」

「もちろんです。ちなみに、その原稿を見つけた人とあなたは一体どんな関係なんですか」

「同じゼミを専攻しています。友達というか、まあなんというか……。僕は彼のことを親友だと思っています。彼がどう思っているかは知りませんが」

　取材相手は、少し照れくさそうに言う。

「そうですか。それではお話をお聞かせ願えますか」

　小さく頷《うなず》くと、彼は話し始める。

　こうして取材が始まった。

＊　＊　＊

　本書は、取材対象者の証言と発見された〝原稿〟によって構成されたものである。

　その原稿とは、文学史的にとても貴重な発見であるのは間違いないが、彼の証言によって初めて明らかになった〝発見に至る経緯〟も、多分に衝撃的なものであり、そのことについても併せて記述した。

第一章

冬枯れの空は、一面が雲に覆われている。

視線の先に広がる、建ち並ぶビル群——

けたたましいクラクションが鳴り響く都会の喧噪《けんそう》。

井川和真《いがわかずま》は小走りに、アスファルトに覆われた道を進んでいく。抱えているのは、黒い革製のバッグ。行き交う通行人の間をすり抜けるように歩き続けている。気配を押し殺し、なるべく目立たぬようにと、視線を落として……。

頭はまだ混乱したままだ。未《いま》だ整理がついていない状態である。

自分に一体何が起こったのか？

自分に一体何が起こっているのか？

感情は激しく乱れ、この非現実的状況に関して、冷静に判断できないでいる。一心不乱に、和真は心のなかで問いかけた。

果たして、今自分に起こっていることは現実なのか——

もしかしたら自分は、夢か幻のなかにいるのではないか——

両手に抱えたバッグ。なかに入っているものを思い浮かべ、和真は身を震わせた。

当《あ》て所《ど》もなく、都会の道を彷徨《さまよ》うように歩き続ける。今は何時ごろなのだろう。時間の感覚が全くない。なるべく、人のいない道を選んで歩いてゆく。

しばらくすると、公園の入り口に差し掛かった。足を止めて、道路から敷地《しきち》のなかを覗《のぞ》き込《こ》んだ。

最近できたばかりなのだろうか。小高い山の地形を利用して作られた公園である。敷地は広く、人の姿もまばらである。ここなら怪しまれないかもしれない。そう思い、敷地のなかに足を踏み入れた。

地面に落ちた枯れ葉を踏みしめながら、園内を進んでいく。ベンチでは休憩する老人やサラリーマンなどの姿があった。彼らの前を横切り、どこか身を隠すことができる場所はないか、探しながら歩き回る。

広場の裏側に位置する、高台の一画にたどりついた。木々が生い茂っている林のような場所だ。ここならば人の気配はない。隠れられそうな場所も豊富にある。背の高い草木に覆われた茂みを見つけた。誰かに見られていないか、注意深く辺りを見渡す。人が来る様子はない。素早く茂みのなかに入り込んだ。地面に腰を下ろし、呼吸を整える。吐く息が白い。

どれほど歩き続けたのだろう。真冬だというのに、汗をかいていることに気がついた。それが長時間の歩行によるものなのか、それとも、自分が今体験している異常事態に起因する、冷や汗のようなものなのかは分からない。手の甲で額の汗を拭うと、和真は抱え込んでいるバッグを見やる。

普段使っている通学用のバッグである。静かに深呼吸して感情を落ち着かせる。見たくはない。だが見なければならない。先ほど自分が目にしたのは、現実のものなのか、確かめる必要があるからだ。

視線を上げて、改めて周囲を確かめる。辺りには誰もいない。あるのは、寒々とした冬の木々が立ち並ぶ褐色の風景だけである。

恐る恐るファスナーに手をやった。心臓の鼓動が高まってくる。ファスナーを開けると、バッグのなかが見えてきた。

先ほどと同じである――

いつの間にか、本来ならば入っているはずの自分の私物が、すべてなくなっていた。テキストやノートに筆記用具、財布や携帯までも全部、忽然《こつぜん》と消《き》え失《う》せているのだ。その代わりに、入っているのは見たことのない異様な物体だった。

なにやら油っぽいオレンジ色の紙に包まれた、丸い塊である。

大きさはサッカーボールほどであろうか。オレンジ色の紙は、金属製品を包むときに使われる油紙《あぶらがみ》と呼ばれるものだ。もう一度深呼吸する。意を決して、ゆっくりと手を伸ばした。慎重に油紙を開く。かすかに嫌な臭いが漂ってきた。

なかに入っていた物体が露わとなる。

思わず目を背ける。とても正視に堪えない。だがちゃんと見なければならない。気持ちを奮い立たせ、物体に視線を戻した。

油紙に覆われていたのは、人間の顔である――

見開いた目。生気が失われた眼差《まなざ》し。血の気の失せた蒼白《そうはく》の肌。紫色に変色した唇。首から下はもちろんなく、切断面は血がどす黒く凝固している。

ごくりと生唾を飲み込んだ。大きくため息をつく。和真の淡い希望は裏切られた。やはり先ほど見たものは、夢や幻などではなかった……。

我慢して、その物体の観察を続ける。

どうやらその顔は、女のようである。髪は後ろにまとめられているので、全貌は見えないが、長い黒髪の持ち主であるようだ。睫毛《まつげ》は長く、切れ長の目にはうっすらとアイシャドウが施されている。

これは本当に人間の首なのか。もしかしたら、よくできたマネキンではないか。

意を決して、手を伸ばした。肌の部分に触れてみる。

柔らかい。人間の肌のような弾力がある。マネキンなどではない。それでは、何か精巧な作りものの類いではないか。だが、その物体から漂ってくる腐臭が、その推測をすぐに打ち消す。

和真は途方に暮れる――

もちろん身に覚えがなかった。なぜ、自分のバッグに、女の生首が入っているのか。一体誰が、いつの間に、こんなものを入れたのか。

普段と何も変わらない日のはずだった。朝起きると、寝坊していることに気がついた。講義に間に合わないと、あわてて部屋を飛び出し、学校に向かっていたのだ……。まさかこんなことになるとは夢にも思っていなかった。

一体この女は誰なのか？　改めて、バッグのなかの顔をじっと見る。

見たこともない女である。一体彼女は誰なのだろう。記憶を辿《たど》ってみるが、該当する人物は思い当たらなかった。

気持ちを落ち着かせる。バッグから視線を外し、考えを整理することにした。

これからどうすればいいのか。

すぐに通報するべきなのだろうが、今はそれを躊躇《ちゅうちょ》している。最初にこの物体を見たとき、自分の足は警察に向かっていたのだが、歩いている途中で気が変わった。

このまま警察に駆け込んでも、自分が犯人として疑われることは間違いないと思ったからである。実はここに来るまでに和真は、ある予期せぬ不条理な出来事に遭遇していた。それについては……。

今はうまく説明できない。頭が激しく混乱しており、とても自分が置かれた状況を冷静にとらえることなど困難である。

本来なら、一刻も早く警察におもむき、その出来事の顚末《てんまつ》も併せて説明しなければならないのだが、正直納得させられる自信がなかった。信じてもらえる可能性は、限りなく低いのではないかと思う。事件の最重要容疑者として拘束され、最悪の場合は、殺人犯に仕立て上げられるのかもしれなかった。

何度か、バッグをどこかに置き去りにして、逃げてしまおうかとも考えた。だがいざとなると、それも躊躇してできなかった。そんなことをしてしまうと、自分が犯人であると認めてしまうことになるのではないかと思ったからだ。万が一、自分がバッグを置き去りにした行為が発覚した場合、釈明は困難となる。後ろめたいことなど何もないはずなのに、わざわざ墓穴を掘るような行為は愚かしいことではないか。

というわけで、今は八方塞がりの状態なのだ。

頭を掻《か》きむしり、叫び出したい気分になる。あれこれ考えていても仕方ない。いずれにせよ、警察に行くことにはなるのだろうが、まずはその前に、自分の身に何が起こっているのか、状況を整理しておきたかった。今得られる情報を正確に分析することが先決ではないかと思ったのだ。

顔をしかめながら、再びバッグのなかに目をやる。

油紙にくるまれた女の生首。改めて見ると、相当整った顔立ちであることが分かる。長い睫毛に縁取られた目。高い鼻筋。形のいい唇。生きていればかなりの美人だったのだろう。

一体誰が彼女の首を切断し、バッグのなかに入れたのか？　和真はさらに注意深く、女の顔を凝視する。

すると――

和真はある事実に気がついた。女の生首が包んである油紙の下に、何か茶色い物体が見える。一体これはなんだろう。バッグのなかに手を入れて、その物体を取り出した。

それは厚く膨らんだ大判の封筒だった。口折りに紐《ひも》が付いており、留め具に巻かれている。

何が入っているのだろうか。留め具に巻かれた紐を解いて、中身を取り出す。

入っていたのは、原稿用紙の束だった。百枚……いやもっとあるようだ。赤みがかった褐色の紙。青い万年筆の文字で、びっしりと枡目《ますめ》が埋められている。

一体この原稿はなんなのだろう。なぜバッグのなかに入っていたのか。生首の女と何か関係があるのか。

これを読めば、何か分かるかもしれない。そう思い、原稿を読み出そうとするが、バッグのファスナーが開けっぱなしであることに気がついた。読んでいる途中に誰かが来て、中身を見られたらまずい。あわてて、ファスナーを閉じた。

そしてはやる気持ちを抑えながら、原稿に視線を投じたのである。

「話は面白いが、最後はどうやろか。辻褄《つじつま》が合ってない気がしますが」

私がそう言うと、歩きながら乱歩《らんぽ》が腕を組む。顔を歪《ゆが》ませて、「う〜ん」と唸《うな》りだした。

空は灰色の雲に覆われている。

大正十四年初夏のころ。彼と知り合って二ヵ月ほどが経《た》ったときのことだった。

二人は煉瓦塀《れんがべい》が連なる、港近くの道を歩いていた。私が実家の薬屋で店番をしていると、乱歩がふらりと現れたのだ。「話がある」と言って私を店から引っ張り出した。私の家がある神戸《こうべ》の東川崎《ひがしかわさき》は、川崎造船所《かわさきぞうせんじょ》の周辺にある工場街である。近くには湊川新開地《みなとがわしんかいち》という色街もある、お世辞にも上品とは言えない場所だった。

洒落《しゃれ》た着物を小粋に着こなしている乱歩。そのころはすらっとしていて背が高く、なかなかの男前であった。

彼の話というのは、今度書くという小説の腹案《ふくあん》である。頭のなかで小説のストオリーが一通りまとまったので、感想を聞かせてほしいというわけだ。小説の内容は、屋根裏を徘徊《はいかい》し、天井の節穴から他人の生活をのぞき見するという男の話である。

「しかし、これまたけったいな話やな。これは本当に探偵小説になるんやろか」

「ああ、これは原稿の締め切りが近づいていて、苦労しているときに思いついたアイデアなんだ。考えがまとまらず、寝転んで天井の節穴を見ていると、無性に天井の裏側を見てみたいという欲求にかられた。それで天井板を外して、首だけを出して真っ暗な屋根裏を覗いてみたんだ。それはそれは素晴らしい眺めなんだよ。これは絶対に小説になると思った」

特徴のあるかすれた声で乱歩は言う。その言葉を聞いて、本当に彼は変わった男だと思った。まさかこの話が、小説になるとは思えなかった。しかし、原稿が書き上がり、雑誌に掲載されたものを読むと、私の杞憂《きゆう》は一気に吹き飛んだ。予想を上回る傑作で、驚嘆し、感服したのである。この小説が、乱歩の代表作のひとつである『屋根裏の散歩者』であることは言うまでもない。

こうして彼との交流は続けられた。そのころ乱歩は三十一歳。私は二十三歳だった。乱歩は私を呼び出しては、次に書こうとしている小説のアイデアを披露する。私は彼の話を聞いて、なるほどと感心したり、異を唱えたりするのである。それで、彼の頭のなかにある、宇宙の星雲のような状態だったストオリーが、どんどんと練り固まっていくのだ。そういう意味では、八歳年下の私は格好の話し相手だったに違いない。

この年乱歩は、『赤い部屋』『Ｄ坂の殺人事件』『人間椅子』といった探偵小説史上に燦然《さんぜん》と輝く傑作を次々と世に放ち、その後、人気作家の地位を盤石なものとする。

それにしても、ものすごい才能の持ち主だと思った。江戸川乱歩とはどういう人間なのか。彼が醸し出す、得体の知れない魅力の根源は何なのか。会えば会うほど、交流を重ねれば重ねるほど、私は乱歩にのめり込んでいくことを実感していた。しかも彼は、なぜか私に目をかけてくれている。大阪《おおさか》の自宅に呼ばれ、奥様の手料理を振る舞われたこともあった。そんな彼の温容に接していると、心が穏やかになる。

最愛の兄を亡くし、孤独に打ちひしがれていた私に、光をさしてくれた男。彼のことをもっと知りたいと思った。少しでも近づきたいと思った。だが私は薬屋を営む傍らで、あくまでも趣味で小説を書いている身。比べるのも烏滸《おこ》がましいほど、地位も名声も才能も差がありすぎた。


和真は原稿から視線を上げる。

頭のなかには、数多くの疑問符が浮かび上がっていた。

これは小説か何かなのだろうか？　文中に登場する乱歩とは、あの江戸川《えどがわ》乱歩のことだろう。昭和の時代に活躍した、ミステリの創始者と呼ばれる人物である。『屋根裏の散歩者』『パノラマ島奇譚《きたん》』『陰獣』『孤島の鬼』などの多くの名作をはじめ、名探偵「明智《あけち》小五郎《こごろう》」や「怪人二十面相」「少年探偵団」の生みの親としても知られている。

この原稿は一体何なのか。題名も書かれていないし、なにやら途中から始まっているようである。これは誰が書いたものなのだろうか。そしてなぜ、自分のバッグのなかに入っていたのか。

多くの疑念に駆られながらも、和真は枡目に書かれた癖のある文字を目で追う。


その日、私と乱歩は東京《とうきょう》の小石川《こいしかわ》にいた。

場所は「新青年《しんせいねん》」の編集長、森下雨村《もりしたうそん》の家である。大正十四年十一月、私は乱歩に誘われ、二人で上京することにした。投稿した小説が入選し、まとまった金が入ったこともあった。東京に着くと、森下雨村が出版関係者を集め、歓迎会を開いてくれた。それでついつい遅くなってしまい、宿には帰らず、二人で雨村の自宅に泊まることになったのだ。

枕を並べて、乱歩とぼそぼそと語り合った。話題はもちろん探偵小説のことばかりである。だが話は尽きなかった。

「あんたはほんまにすごいと思う。日本の探偵小説が英米に匹敵することを証明したんや。多くの読者が、あんたが次にどんな小説を書くかを心待ちにしている。私もその一人や……」

いつの間にか窓の外は白んでいる。乱歩は私の隣の布団の上で、両手を頭の下に置いて、ぼんやりと宙を見ていた。

「そんなことはないよ。君は僕のことを買《か》い被《かぶ》りすぎだ。いまのところは上手《うま》くいっているが、これがいつまで続くかは分からない。今は発想のおもむくままに書いているが、いつそれが枯渇《こかつ》するか分からないだろ。だから毎日が不安なんだ」

そう言うと彼は、徐《おもむろ》にこちらに視線を向ける。

「でも横溝《よこみぞ》君……君といると安心するんだ。僕の小説に的確な意見や指摘をくれるし、こうして話していても楽しくて、時間を忘れるほどだろう。君ほど話が合う男はいない」

乱歩は、熱っぽい眼差しで私をじっと見た。

「君と出会えて、本当によかったと思っている。一緒に、探偵小説の道を切り開いていこうよ」

私は気恥ずかしくなり、思わず目を逸《そ》らしてしまった。

「何言うてまんの。私はしがない薬屋の主人。探偵小説の道を切り開いていくなんて、荷が重すぎるわ。私は店をやりながら、細々と書いていくつもりや。さあ、もう朝になってしまうわ。少し寝とかんと」

「そうだな」

そういうと乱歩は静かに目を閉じた。

それから半年ほど過ぎた。乱歩は東京に移り、精力的に執筆活動に勤《いそ》しんでいた。そんなある日。彼から次のような電報が届く。

『トモカクスグ　コイ』

一体何があったのか。大急ぎで東京に駆けつけてみると、

「なあに、君の顔を見たくなったんだよ」

と乱歩は涼しい顔で言う。とくに急用があったわけではないようだ。屈託のない彼の顔を見ていると怒るわけにもいかず、どうせ上京したからには、しばらく遊んで帰ることにした。すると、森下雨村に呼び出され、こんなことを言われた。

「ゆうべ乱歩君と話していたら、君の話が出た。どうだ、ひとつ博文館《はくぶんかん》へ入って、『新青年』をいっしょにやらんか」

その言葉を聞いて唖然《あぜん》とする。私は薬屋の主人である。もちろん雑誌の編集などやったことはなかった。この人は何を無茶なことを言っているのか。だがそんな思いとは裏腹に、私はその申し出を二つ返事で引き受けていた。心の奥底では、薬剤師よりも文学の世界に強く惹《ひ》かれていた

のは抗《あらが》いようのない事実であった。乱歩がそんな私の本音を汲《く》み取《と》り「新青年」で仕事ができるようにと、働きかけてくれていたのだ。

　翌日、私はすぐに両親に手紙を書いた。博文館に入るから、もう神戸には帰らない。薬屋は適当に処分してほしいと。それを読んで、父は相当ショックだったようだ。これがもとでアル中になってしまったほどである。なんの相談もなく、息子が家業である薬屋を捨てて、東京へ行ってしまったのだから。

　こうして私は博文館に入社、「新青年」に入り、乱歩の担当編集者となった。編集者として勤める傍ら、自分でもせっせと探偵小説を書き続けた。昭和七年には博文館を退社し、専業作家となる。それで今に至るのだ。

　私が曲がりなりにも探偵小説家としてやっていくことができたのは、すべて乱歩のおかげなのだ。引っ込み思案の私を導いてくれなければ、今の自分はなかった。

　というわけで、江戸川乱歩との出会いが私の探偵作家としての運命を決定づけたのである。もし彼と出会わなかったら、内気で臆病《おくびょう》な私のこと、今でも神戸で売れない薬屋を経営しながら、しがない生涯を送っていたに違いない。

　それにしても江戸川乱歩という人間は不思議な男である。

その迸《ほとばし》るような才能と、人を惹きつける魅力の根源はどこにあるのか。知り合ってもう三十年になるが、私はいまだにその答えにたどりついてはいない。彼自身が巧妙に仕組まれた本格探偵小説のようなのだ。果たして、その謎が解き明かされる日は来るのだろうか。

原稿をめくる手を止めた。

記述のなかで乱歩が書き手に対し、「でも横溝君……君といると安心するんだ」と呼びかけている。ということは、この文章を書いたのは、横溝正史《せいし》ということなのだろうか。

横溝も、乱歩と双璧をなす探偵小説界の大家である。明智と並ぶ名探偵「金田一耕助《きんだいちこうすけ》」を生み出し、『獄門島』や『八つ墓村』などの本格探偵小説を書いた人物だ。『犬神家の一族』などの代表作も次々と映画化されている。

和真は、ミステリに関してさほど詳しくはないが、興味がないというわけではない。友人の一人が、そういったことに詳しく、乱歩と正史の名前はよく聞かされていた。二人の作品は、その友人に勧められて、何作か読んだことがある。

ということは、この原稿は小説ではなく、二人の交流について書かれた随筆やエッセイのようなものなのか。横溝正史が江戸川乱歩との交流について回想した記録なのだろうか。

しかし、二人の大作家の間にここまでの深い関係性があったことは知らなかった。しかも、横溝正史が作家となったのは、江戸川乱歩の手助けがあったからだという。乱歩がいなければ『八つ墓村』や『犬神家の一族』は生まれなかったというわけだ。

この原稿はいつごろ書かれたものなのだろうか。原稿には二人が知り合ったのが「大正十四年」「知り合ってもう三十年になるが」との記述があるので、昭和三十年前後に書かれたものではないかという推測が成り立つ。

一体なぜ、そんな何十年も前に書かれたものがバッグのなかに入っていたのか。

もしかしたら、この原稿に、バッグのなかの生首の女の謎に関わる、重要な手がかりが書かれているのかもしれない。

切り落とされた女の生首と、横溝正史が江戸川乱歩について書いた原稿。一体これらには、どんな因果関係があるというのか。

公園の茂みのなかで息を潜めたまま、和真はまた原稿に目をやった。

愛読者

「それで、話というのはなんでっしゃろ？」

なかなか、本題に入ろうとしない乱歩に私はこう切り出した。

昭和二十九年一月のある日のことだ。場所は成城《せいじょう》にある私の家である。散歩から帰ると、彼が離れの客間で待ち構えていたのだ。その部屋は、編集者が原稿を待ち受ける待機場所であり、隣には、私が執筆を行う六畳の和室がある。

乱歩は巨大な体躯《たいく》を屈《かが》めて、丸火鉢の前に胡座《あぐら》をかいていた。つるりとした禿頭《とくとう》に丸眼鏡の顔、高そうなスーツを身にまとい、眉間《みけん》に皺《しわ》を寄せ、険しい表情を浮かべている。この三十年の間に、彼の容姿はすっかり変わってしまった。昔はすらっとした男前だったのだが、今ではその恰幅《かっぷく》のよい姿から、「巨人」やら「怪物」やら「海坊主」、または「門徒宗《もんとしゅう》の僧侶」などと呼ばれているのだとか。

　妻が出した和菓子を頬張りながら、乱歩が答える。

「いや、それが……今度人と会うんだが、ちょっと付き合ってほしいと思っている」

　いつもとは違い、どこか煮え切らないような態度である。

「人というのは？」

「探偵小説の愛読者だよ。知り合いに紹介されて一度会ったことがある。それで、横溝君の話をしたら、どうしても会いたいと言って」

「私に？」

　乱歩が私に頼み事をするのは珍しかった。ただでさえ、こうして乱歩が一人で我が家に来るのは久しぶりのことである。どうやら近ごろ、作家仲間の間では、我々は犬猿の仲と噂《うわさ》されているようなのだ。私が探偵作家クラブの会合に出ないのは、乱歩に会いたくないからだという。もちろんそんなことはない。会合に出ないのは、私が乗り物嫌いで出不精だからであり、彼を避けているわけではない。でも作家仲間は「横溝は乗り物が怖いと言っているが、そんな馬鹿なことはない。本当は乱歩と会いたくないのではないか」と勘ぐり、そんな噂を立てるのだ。

　とはいえ、現在二人の関係が良好かと言えばそうでもない。以前と比べると、彼との間に距離が生じていることは否めない。一体それは何が原因なのか。それは、私の彼に対するさまざまな感情に起因しているからであり、ひとことで言い表すことはできない。

「やはり無理かな。君は外出嫌いだから」

「その愛読者っちゅうんは、どんな方なんです」

「身なりのいい御婦人だよ。旦那はＫ大学の教授だと言っていた」

「女ですか」

「そうだ。私も一度、会っただけなんだが、今度は君も交えて話がしたいとせがまれてね」

少し声を潜めて言う。離れにいるので、誰にも聞こえるはずはないのだが。ということは、乱歩もその愛読者の女性を、多少は意識しているということである。彼がこうして女性の話をするのは滅多にない。そう思うと、俄然《がぜん》興味が湧いてきた。

乱歩は美少年趣味がよく知られている。彼の書庫には同性愛関係の蔵書が数多くあると聞くし、『孤島の鬼』に代表される作品にはその趣味が色濃く現れている。彼には妻も子もいるので、男色《だんしょく》家ではないと思うが、興味があることは間違いない。

だから乱歩が女性の話をするので、これは珍しいと思ったのだ。私を誘ってまで、再び会いたいという愛読者の女性というのが気になった。

病気のことを考えると、大事をとって断るべきなのだが、それよりも興味が先に立った。それに、近ごろは健康状態も悪いというわけではない。ここは申し出を受けて、その愛読者とやらに会うことにした。

十日後、乱歩が手配してくれたハイヤーで指定された場所に向かった。

戦々恐々とした思いで、ハイヤーの後部座席に乗り込む。車窓の風景を眺めて、なんとか気を紛らせた。私が乗り物嫌いになった一番の理由は、病気のことである。

博文館を退社して専業作家になった翌年の昭和八年、私は肺の病を患い大喀血《かっけつ》をやらかした。編集者時代の不摂生《ふせっせい》がたたったのであろう。翌年には信州《しんしゅう》上諏訪《かみすわ》に転地して、五年にわたり療養生活を余儀なくされた。療養所にいるころ、治療法と言えば、病室の窓を開放して空気を通させるぐらいしかなかった。そういうところに長くいたので、密閉された空間にいると途端に恐ろしくなるのだ。一種の閉所恐怖症である。

昭和十四年に東京に戻ってきたが、完治したというわけではない。赤いものを吐くと一週間は絶対安静で、仕事にも支障を来す。抱えている連載に穴を開けるわけにはいかない。だから健康には用心に用心を重ねている。

なんとか我慢して、目的地にたどりついた。都心の一等地にある老舗《しにせ》の高級ホテルである。車寄せにハイヤーが着くと、ドアボーイが迎えてくれた。久しぶりにこのような華やかな場所に来た。少し場違いな気がして、居心地が悪い感じである。

時刻は午後の遅い時間だった。ロビーには旅行客や米兵の姿も見える。戦争により、東京のホテルの多くは焼け落ち、焼失を免れたホテルは進駐軍《しんちゅうぐん》に接収された。日米安保条約の締結によりアメリカの占領統治が終わり、二年前の昭和二十七年には接収されていたホテルも解放されている。

ロビーを通り抜けて、ラウンジにたどりついた。ボーイに案内され中に入ると、乱歩が奥の席に、待ち構えるようにして鎮座していた。

彼は三《み》つ揃《ぞろ》いのスーツに幅広のネクタイと、相変わらずお洒落な洋服に身を包んでいる。自分も今日は、一張羅《いっちょうら》の紺飛白《こんがすり》の着物で来た。私が来たことに気がつくと、強《こわ》ばっていた彼の顔がわずかに綻んだ。

　席について少し乱歩と話をする。こうして二人で話している所を出版関係者が見ると、奇異に思うに違いない。何せ今、我々は犬猿の仲ということになっているのだ。別にこそこそする必要はないのだが、誰か知り合いがいるかもしれぬと、やたらと辺りを気にしてしまう。まるで隠れて交際している男女のようだ。

　作家仲間の間では、私が乱歩のことを一方的に避けているのだという。もちろんそんなことはない。彼は尊敬すべき師であり、大切な友人であり、作家としての目標であることは間違いない。自分が曲がりなりにも、探偵作家の端くれとしてやっていけるのは、乱歩の存在があったからにほかならない。

　だが彼は戦後になって、ほとんど書かなくなった。少年物を除けば、書いた小説は翻案物とほかの作家との連作と、短篇《たんぺん》が一篇のみ。長篇《ちょうへん》に関しては一本も出していない。乱歩が書かなくなった理由は定かではない。戦前の次々と名作を世に放っていたころも、何度か筆を断っていたことがあった。作品に納得いかなかったり、自分の才能に自信を失うと、彼は自虐的になり書けなくなってしまうのだ。

　自分にとって江戸川乱歩という人は、常に目の前にそびえる高峰《こうほう》であり、それを乗り越えるのが目標だった。乱歩なんかに負けてたまるか。その気持ちが、私にいろいろなものを書かせた。だから近ごろの彼を見ると歯がゆい思いがするのである。乱歩に対するわだかまりがあるとしたら、それが原因のひとつであることは間違いない。

　そんなことを考えていると、待ち人が現れた。

「あら、お待たせしたんじゃないでしょうか」

　従者を引き連れてやってくる一人の女性。艶《あで》やかなドレスに身を包んだ貴婦人である。従者は黒い立ち襟のワンピースを着て、深々とベールつきの帽子をかぶっている。

　彼女は小さく一礼する。乱歩と私も席を立った。

　婦人の顔を見て、はっと息を呑《の》んだ。なるほど、乱歩が心惹かれるのも無理はない。相当な美人である。大学教授の夫人というので、もっと歳上《としうえ》の女性だと思っていたが、予想は大きく裏切られた。歳のほどは、二十代半《なか》ばから後半ぐらいというところだろうか。絹のような白い肌。毛先をふんわりとカールさせた漆黒の長い髪。魅力的な唇。豊満な胸。長い睫毛に、整った切れ長の目。思わず見惚《みと》れていると、彼女が従者の女に言う。

「ここはいい。お前は車で待っているように」

　軽く頭を下げると、従者はラウンジから出て行った。すると女性は言う。

「私は今、感動しているのです。高名な先生お二人が、こうして私の目の前にいるのですから……。あ、申し遅れました。私、鬼塚貴和子《おにづかきわこ》と申します」

　彼女は深々と頭を下げる。乱歩が声をかけた。

「まあ、とにかく座ろうじゃないか。横溝君が重い腰を上げて来てくれたんだから」

　一同が席に着き、話が始まった。

探偵小説の愛読者であるという貴和子。江戸川乱歩の作品はもとより、私の小説も好んで読んでくれているという。彼女が矢継ぎ早に質問を投げかけてくる。

「戦前の『鬼火』や『蔵の中』ももちろん耽美的《たんびてき》な傑作ですが、戦後になって横溝先生は『本陣殺人事件』を皮切りに、多くの本格物を書かれるようになった。『獄門島』『八つ墓村』『犬神家の一族』、そして近作の『悪魔が来りて笛を吹く』などの一連の金田一耕助ものは、日本における探偵小説の金字塔ではないかと思うんです」

　本格物とは、探偵による犯罪捜査のプロセスを描き、トリックや謎解きを主眼とした探偵小説のことを言う。それ以外は変格探偵小説と呼ばれている。幻想的なものや論理では割り切れない奇妙な味わいを持つ探偵小説のことだ。私の戦前の代表作『鬼火』『蔵の中』などは変格に分類される。

「どうして、戦後になって本格物を書かれるようになったんですか。それをお聞きしたくて」

　まっすぐな目で、貴和子が私を見て言う。こんな美人に作品のことを褒《ほ》められると、もちろん悪い気はしない。乱歩は黙ったまま、二人の話に耳を傾けている。

「実は嫌いやったんです。本格物は」

「まあ、そうだったんですか。それは意外です」

　貴和子が目を丸くして言う。

「窮屈だと思っていたんですね。探偵が出てきて、ああだこうだとか。論理ばかりを追い求め、ストオリーも無味乾燥になる。だから、そこにはロマンがあることに気がつかなかった」

「確かにそうですね。論理一辺倒で構築された本格物は、私もあまり好みではないです。でも、なぜ横溝先生は、本格物を書こうと思われたのですか」

「ディクスン・カーをご存じ？」

「ええ、確かアメリカの探偵作家ですよね」

　ディクスン・カーは、数多くの密室ものの傑作で知られる作家である。密室以外でも、人間には実行不可能と思われる「不可能犯罪」を題材に多くの探偵小説を書いている。その作風は、本格でありながらも怪奇趣味に彩られており、カーター・ディクスンの別名でも知られている。

「戦争中に、知り合いに教えられて初めてカーを読んだんです。それで、目が覚めたというか。そこには本格物やのに、ロマンもあった。これなら、私にも書けるんやないかと思って」

　初めてディクスン・カーに接したのは、疎開する前の吉祥寺《きちじょうじ》に住んでいるときである。近所に偶然、翻訳者の知人が住んでいて勧められたのだ。当時、カーはほとんど翻訳されておらず、日本ではあまり知られてはいなかった。私はたちまちその魅力の虜《とりこ》になった。だが当時は軍の圧力により、探偵小説を書くことは固く禁じられていた。戦争が終われば、カーの作品のような本格物を書いてみたい。そう思うようになった。それで、戦後すぐに書いたのが『本陣殺人事件』だった。

　そのことを話すと、乱歩が口を開いた。

「私は、探偵小説は本格物でなければならないと思っている。探偵小説の神髄は、やはり本格長篇にのみ存在するのだよ。結局我々は、本格物を書いた方が得なんだ。どんな奇抜な物語や人間関係を描いても、時間が経つとそのトリックしか残っていないだろ。あの作品にはああいうトリックがあったとか、こういうのがあったとか。そういった意味では『本陣殺人事件』を読んだときは驚嘆した。ついに、日本にも欧米に匹敵する本格長篇が現れた。しかもそれを書いたのが、ほかならぬ横溝君だったんだから、感慨深いものがあった」

こんな風に乱歩に褒められるのは、とても光栄なことではあるが、当時彼は『本陣殺人事件』を批判している。『本陣』を傑作と認めた上で、トリックやら動機やら、多くの不満点があると、雑誌に批評文を寄稿したのだ。つまり彼にとっては、『本陣』は手放しで傑作と褒め称《たた》える作品ではないということなのである。

「私の話はもういいから、乱歩さんの話をしましょう」

そう言うと、彼が笑いながら答える。

「いいよ。その話はこの前に散々したから」

すると貴和子が、目を輝かせて言う。

「いいえ、ひとつお聞きしたいことがあるんです。先日私は、乱歩さんの最高傑作は『陰獣』ではないかとお伝えしたんですが、横溝先生はどう思われますか？」

私は乱歩を一瞥《いちべつ》する。そして彼女に言った。

「同じです。私も『陰獣』が一番やと思っています」

「やはりそうですか。聞くところによると『陰獣』は、雑誌に連載されているとき、横溝先生が編集者として担当なさっていたとか」

「ええそうです。よくご存じで」

「江戸川先生からお聞きしました。『陰獣』は横溝先生との共作のようなものだと」

それを聞いて、私は大きく頭を振った。

「そんなことはありません。あれはれっきとした乱歩さんのものです。私は一介の編集者にすぎませんから」

　すると乱歩が言う。

「でも私の名義で、横溝君が書いた短篇がいくつかあっただろう」

「え、そうなんですか？」

　貴和子が目を見開いた。私はあわてて彼に声をかける。

「ちょっとあんた、何もそんなことここで言わんでも」

「もう時効だよ」

　そう言うと乱歩は表情をわずかに緩めた。

人はなぜ探偵小説に惹かれるのか

「いや、それにしても驚きました。鬼塚さんは本当に探偵小説にお詳しい」

　私が貴和子に言う。

「おかしいでしょ。女なのに、殺人とか凶器とか死体とか、ほんと物騒な話に目がないんですのよ。だから、主人にもよく怒られています」

「ご主人はＫ大学にお勤めの教授だとか」

「ええ、心理学を専攻しています。私が探偵小説の話をすると途端に機嫌が悪くなるんです。そんな趣味の悪い小説なんかやめなさいって。……ああ、お二人の前でこんなことを言って、申し訳ございません」

失言を悟り、貴和子の顔が途端に赤く染まった。穏やかな声で乱歩が言う。

「いやいや、大丈夫だよ。旦那さんは何も間違っていません。探偵小説なんぞ、低俗で文学的な価値は低いものに違いない。人の生き死にを題材に、殺しとか死体とか残酷な話を物語にするなんぞ、決して品のいいものではない」

彼が言葉を続ける。

「しかし、人の生き死にを題材にした、残酷な話というのが面白いからやめられない」

貴和子が大きく頷いた。

「そうなのです。探偵小説には抗うこともできない、怪しい宝石のような魅力があるのです。でもその魅力の正体が私には分からなくて……。なぜこれほどまでに探偵小説に心惹かれるのか？私以外にも、江戸川先生と横溝先生には大勢の読者がいらっしゃるでしょう。お二人の作品を愛してやまないたくさんの人が……」

魅力的な眼差しを二人に向けて、貴和子は問いかける。

「どうして人は、かくも探偵小説に魅せられるのでしょうか」

すると乱歩が身を乗り出して言う。

「それは簡単だ。謎があるからだよ。人間の心理の奥底には、隠された謎を知りたいという欲求があるからだ」

一呼吸おくと、乱歩が語り始めた。

「それと、探偵小説には勧善懲悪《かんぜんちょうあく》のイデオロギーがある。悪事を働いた犯人が罰せられ、読者の正義感が満たされるという倫理的なカタルシスだ。だから人々は探偵小説に熱中する。カタルシスとは、アリストテレスが詩や悲劇、音楽などの効能を語るときに使った言葉で、簡単に言えば観衆の心に潜む葛藤や緊張、混乱を洗い流す浄化作業のようなものだ。そういった意味では探偵小説は、読者の日常の心労や抑圧を浄化し、それらから解放するという役割を果たしているのかもしれぬ。ただし、近年はカタルシスを得られない後味の悪い作品が増えてきたのも事実だ。最近のミステリが、悪人が必ず罰せられるという勧善懲悪の形で終わらなくなったのは、数多くの不条理を抱えた現実社会の反映ではないかと考えられる」

　乱歩の話は続く。

「私は探偵小説とは、ある種の宗教的な儀式のようなものではないかと思っている。事件の捜査や解決する過程は祭儀のごとく、それを演出する名探偵は祭司のようなものではないかと。探偵小説は、科学技術の発展の過程のなかで誕生した。そのことからしても、名探偵とは〝科学〟という新しい神を代弁する祭司なのではないかと思う。そういった意味では、探偵小説とは、現代の神話なのかもしれない」

　それから一時間ほど貴和子と話した。

　彼女は乱歩と私の話を、目を輝かせて聞いている。本当に探偵小説が好きなようだ。かつて日本では、女性読者はあまり探偵小説を好まないのではないかと考えられていた。乱歩（と私）のせいもあって、猟奇的で官能的な感触の文体が、生理的に敬遠されているというのだ。だが近ごろは、彼女のような女性の愛読者も増えていると聞く。時代は変わっているのである。イギリスで、アガサ・クリスティのような女流作家が多く輩出されたのも、社会が近代化した証《あかし》に違いない。女性の自立に伴い、女性読者が増加し、探偵小説も男性だけのものではなくなったのだ。やがて日本もそうなっていくに違いない。探偵小説の読者層が広がっていくのは、歓迎すべきことである。

一通り話が終わり、ラウンジを出た。

夕刻が近づき、ホテルのロビーは客で賑《にぎ》わっている。貴和子が乱歩と私を見て言う。

「今日は本当にありがとうございました。私にとって夢のような時間でした。江戸川先生と横溝先生という、探偵小説界における伝説のような偉大なお二人と、こうして、対面してお話をお伺いすることができましたので。このことは、一生忘れることはないでしょう」

乱歩が笑いながら言う。

「我々はまだ生きているよ。勝手に伝説にしないでくれ。また話が聞きたくなったら、遠慮せず、いつでも連絡してくれたまえ」

「ありがとうございます……」

貴和子は深々と頭を下げる。それとともに、ほのかに上品な香水の香りが鼻腔をくすぐる。頭を上げると、彼女はこう述べた。

「それではお言葉に甘えまして……最後にもうひとつお伺いしてもよろしいですか」

「ああ、もちろん」

貴和子は乱歩に問いかける。

「江戸川先生は色紙に『うつし世は夢、よるの夢こそまこと』とよくお書きになりますね。これはどういった意味なのでしょうか」

乱歩は小さく頷くと、口を開いた。

「これは、私の敬愛するエドガー・アラン・ポーの言葉だよ。この世の現実は、私には単なる幻としか感じられない。これに反して夢の怪しい想念は、私の生命の糧であるばかりか、今や私にとっての全存在そのものである……。若いころにこの言葉を知って感銘を受けた。それで、色紙や短冊に何か書けといわれて、ポーの言葉を短くして書くようになったというわけだ」

「そうだったんですね。では先生は、この世には決して条理では解明できない、夢のような不思議なことがあると思われているのですか」

「もちろん、あると思っている。いや正確に言うと、そうあってほしいと願っている」

　形のよい黒目がちの瞳をこちらに向けると、貴和子は言う。

「横溝先生は如何《いかが》でしょうか」

「さあ、どうやろか。不思議なことがあるかどうかはよう分からんけど、人間の心のなかに、そういったことを信じたいという気持ちがあるのは確かやないかと思っております。そうでないと、この世から夢やロマンは消え失せてしまいますでしょう」

「なるほど。素敵なお話をありがとうございます。もっとお聞きしたいことはありますが、これ以上お引き留めするわけにもまいりません。今日はこの辺りでお暇《いとま》することに致しましょう。それでは、またお会いできることを夢見て」

　そう言うと彼女は丁寧に会釈する。私と乱歩は、貴和子とロビーで待機していた従者の女に見送られ、ホテルをあとにした。

　外に出て、車寄せでハイヤーを待っていると、乱歩が声をかける。

「今日はわざわざ時間を作ってもらって申し訳なかった。この埋め合わせはどこかでするよ」

「いやいや、お気づかいなく。私もあんなべっぴんさんに褒められて、ええ思いさせてもらいましたから。探偵作家冥利《みょうり》に尽きるというものです」

「それはよかった……」

乱歩が言葉を切った。少し考えて言う。

「ときに横溝君。彼女のことどう思った？」

「どうって……？　それは面白い人やと思いましたよ。あんなべっぴんさんやのに、探偵小説の知識も豊富やから」

「そうか……」

なにやら口籠もった。彼は何か言おうとしている。

黙ったまま、次の言葉を待つ。

だが、その前にハイヤーが来てしまった。仕方なく、乱歩と別れて、車の後部座席に乗り込んだ。

ハイヤーはホテルを出て、都会の街並みを走っている。

乗り物嫌いを紛らわすために、また車窓の景色を眺めていた。

さっき彼は何を言いたかったのだろうか。普段とは異なる乱歩の様子は、どこか不自然に思えた。

もしや……。頭に浮かび上がった想像を一笑に付す。彼女と乱歩は、おそらく三十は歳が離れている。そんなことはありえない。だが、一概に否定できないとも思う。それほどの年齢差があっても交際している男女がいないというわけではない。

もしかしたら、乱歩と貴和子は、あまり人には言えないような関係なのではないか。先ほどの彼の態度からすると、そんな風に思えないわけではない。

乱歩の恋か……。

もちろん何も確証はない。ただの思い過ごしかもしれない。

それにしても今日はちょっと珍しい体験をした。美貌の貴婦人との対面。彼女は探偵小説の愛読者だという。そういえば彼女に会ったときから、何か居心地の悪いような違和感を覚えている。

先ほどの会話のなかで、貴和子は『陰獣』の話をした。彼女の言うとおり、『陰獣』は私が「新青年」の編集者時代の小説である。

目の前に映る都会の風景を眺めながら、そのころのことを思い出した。

陰獣のこと

大正十五年、私は乱歩の担当編集者になった。

先《ま》ず私がやることは、彼に小説を書いてもらうことであった。そのころ乱歩は、小説の注文を断るようになっていた。相次ぐ依頼を前に、着想の枯渇に苛《さいな》まれていた乱歩。森下雨村の家で朝まで話していたときに、彼が告げていた不安が現実のものとなったのだ。

若き日の乱歩は躁鬱病《そううつびょう》のようなところがあった。いやに明るく振る舞い、才能を発揮している時期があるかと思うと、突如厭人病《えんじんびょう》にかかったようになり、腐りきってしまう。それで、全く書かなくなり、編集者を苦しめるのだ。だが私は薬屋の仕事を捨て、出版の世界に飛び込んだばかりの身。乱歩には何としても書いてもらわねばならぬ。毎日のように牛込《うしごめ》の筑土《つくど》八幡町《はちまんちょう》にある彼の家に押しかけ、必死に原稿をねだった。

「編集長から是が非でも乱歩先生の小説を取ってこいと言われてるんや。なんか書いてくれんと困るんです」

「書きたいのはやまやまだが、『新青年』に載せる小説ならば、中途半端なものじゃまずい。すぐには無理だよ」

「あんたが私を『新青年』に入れたんやないか。責任取ってくださいよ」

「そう言われても、無理なものは無理なんだ。ほかの労働とは違い、小説というものは、次から次へと機械的に生産できるものではない。君も分かっているだろう」

「そこをなんとか。長篇が無理なら、短篇でも結構ですから」

「わかった。なんとかするよ」

だが翌日、彼の家に行くと、奥方の隆子《りゅうこ》さんが申し訳なさそうに言う。

「主人は旅に出ると言って、今朝方早くに、家を発《た》ちましたが」

「え……ど、どこに行ったんですか」

「さあ、誰にもどこへ行くとも告げず、出て行ってしまいました」

その言葉を聞いたとき、私は心のなかで大きく叫んだのである。「あん畜生、とうとう逃げてしまいやがった」と。このように乱歩には放浪癖があった。気に入らないことがあると、すぐに行方をくらませて、周囲を困らせるのだ。

だが数日後、突然乱歩から呼び出された。いつの間にか旅行から帰ってきたようだ。なにやら話があるという。

真夏の神楽坂《かぐらざか》。石畳が続く花街の通りを、乱歩とそぞろ歩いた。一体話とは何か。すると彼は、ぼそぼそと物語の粗筋のようなものを話し始めた。放浪しながらずっと、長篇小説のアイデアを考えていたというのだ。

彼の頭のなかにある長篇とは、トマス・モアの『ユートピア』と、かつて流行したパノラマという見世物を結びつけたものだった。そこに犯罪をからませた摩訶不思議《まかふしぎ》な物語なのである。その話を聞いたときは、天にも昇るくらい嬉《うれ》しかった。まもなく第一回の原稿ができたのだが、それを読んで、私がどんなに満足したかは言うまでもない。その長篇は『パノラマ島奇譚』と題され、乱歩の代表作のひとつになった。

だがそれからまた、彼は小説を書かなくなってしまった。新聞に連載した『一寸法師』の出来が、満足のいくものではなかったからである。連載が終わると、当分筆を断つことを決意して、休筆を宣言した。そして、また放浪の旅に出たというのだ。

それからも私は、手紙を出したり、彼が旅から帰ってきたときを見計らって、書いてもらえるよう説得を繰り返した。だがことごとく玉砕《ぎょくさい》する。そして彼が休筆を宣言して、一年を過ぎたころのことである。性懲《しょうこ》りもなく彼の家におもむき、無理を承知で、増刊号に掲載する中篇の執筆を依頼した。だが、乱歩はなかなか首を縦に振らない。私は粘り強く口説き続けた。

「原稿料はこれまでの倍の一枚八円にします。それでもだめやろか」

「八円……それは本当か」

さすがの乱歩も、目を見張った。一枚八円というのは、当時としては破格の原稿料である。上司にも誰にも相談せず、私が独断で決めた額なのだ。それだけの価値が、彼にはあると私は考えていた。

後日また乱歩の家に行くと、彼は抽斗《ひきだし》を開けて、原稿用紙の束を取り出した。枚数は五、六十枚ほどである。乱歩曰《いわ》く、これは別の雑誌から依頼されて書いた小説なのだという。休筆を宣言していたが、実は密《ひそ》かにこのようなものを書いていたのだ。

「先方と枚数の折り合いがつかなくて困っている。自分としてはこの三倍は書きたいのだが、それは難しいという」

「なるほど、それは厄介《やっかい》ですな」

「だから、この小説を君の方に廻《まわ》してもいいと思っている」

「ほんまですか」

私は思わず前のめりになった。これは千載一遇《せんざいいちぐう》の大チャンスである。乱歩の小説ならば、この枚数の三倍でも五倍でも、十倍でも大歓迎だ。すると乱歩は、原稿の続きとトリックやら犯人やら、小説の構想を話してくれた。それを聞いて私は大いに興奮する。その原稿をぜひ「新青年」に欲しいと懇願した。もちろん原稿料は提示した一枚八円、枚数も二百枚を約束する。ただし、ひとつだけ条件を付けた。その原稿の表紙に書かれていた題名が『恐ろしき勝利』という、平凡でつまらないものだった。

「乱歩さん。この題じゃ、宣伝のしようがおまへん。なんかもっと凄《すご》みがあって、色気のある題

○4○

に変えてもらえませんやろか」

「確かにそうだな。なんとか工夫してみるよ」

　まもなく仕上がった原稿には、『陰獣』という題が書かれていた。これはいけると思った。さらに原稿に目を通して、鳥肌が立った。この行間から漂ってくるオドロオドロしさと妖気に私は打ちのめされたのだ。ストオリーやら犯人やらは乱歩から聞かされていたので知っていたが、それでも物語の展開に震え、興奮することができた。これは紛《まが》うことなき傑作である。心からそう思った。

『陰獣』の物語は、探偵小説家の寒川《さむかわ》が、上野《うえの》の博物館で小山田静子《おやまだしずこ》という女性と偶然知り合うところから幕を開ける。静子は小山田六郎《ろくろう》という実業家の妻で、寒川の小説の愛読者だという。ある日彼女は、大江春泥《おおえしゅんでい》という探偵作家から脅迫されていると告白する。大江春泥とは、本当は平田一郎《ひらたいちろう》という男で、静子はかつて平田と交際していたというのだ。春泥は復讐《ふくしゅう》の手始めに、彼女の夫を殺害するという。寒川は静子に頼まれ、大江春泥の行方を追うが、予告どおり、隅田川で夫の六郎の死体が発見された。

　このように『陰獣』は、乱歩が「自分自身」を題材として書き上げた小説である。「大江春泥」は「江戸川乱歩」で、春泥の本名「平田一郎」とは、乱歩の本名である「平井太郎《ひらいたろう》」のもじりなのだ。また春泥は、「人嫌い」で「放浪癖」があるという乱歩自身を投影したかのような人物像だった。つまり、『陰獣』は、作者である「江戸川乱歩」という存在そのものを小説にした、前代未聞の作品なのだ。

『陰獣』の第一回が掲載された雑誌が発売されるやいなや、大変な評判を呼んだ。休筆明けの第一作であることから、話題性は十分だったのだろう。その後も回を重ねるごとに人気を博し、最終話の第三回が掲載された号は増刷されるほどだった。月刊誌が再版するというのはそうあることではない。乱歩は私の宣伝文がよかったからだと言うが、売れた理由は『陰獣』が傑作だったからに相違ない。

私は『パノラマ島奇譚』と『陰獣』は、乱歩文学の両巨峰であると信じて疑わない。その作家が、自分の持っている最高のものを描き出すことこそ、編集者としての本懐なのではないかと思う。私は『パノラマ島奇譚』と『陰獣』で、二度も編集者冥利に尽きる思いを味わわせてもらったというわけだ。

それも、もう三十年近くも前の話である。懐かしい思い出だ。

だが、そのときである。ふとあることに気がついた。そういえば、先ほど会った鬼塚貴和子は探偵小説の愛読者だと言っていた。それに貴和子も、有力者の夫を持つ美しい人妻である。これはまるで『陰獣』のような話ではないか？　『陰獣』に登場する小山田静子も、寒川の探偵小説の愛読者であり、実業家の夫の妻だった。

もちろん唯《ただ》の偶然なのだろうが、私は不思議な錯覚を感じていた。まるで、あの小説のなかに迷い込んでしまったような感覚である。

先ほど、別れ際に貴和子は言った。「この世には条理では解明できない、夢のような不思議な出来事はあるのか」と。

もしかしたら、自分はその夢のなかにいるのかもしれない。

ぱらぱらと幻灯写真が映し出す連続写真のように、視界の先を流れる都会の風景を眺めながら、そう思った。

そこまで読むと、和真は原稿から目を離した。

江戸川乱歩と横溝正史の交流にまつわる話が続いている。

いまのところ、事件の手がかりのようなものは出てきていない。それはそうである。この原稿はもう何十年も前に書かれたものなのだ。

では一体なぜ、この原稿がバッグのなかに入っていたのだろうか。

狐《きつね》につままれたような思いである。生首と同じバッグに入っていたので、何か理由はあるはずなのだ。

この首を切断された女性が、江戸川乱歩や横溝正史と何かしらのゆかりがある人物だということなのか。それとも、何か別の事情があるのだろうか。

想像をめぐらしてみる。あるひとつの仮定が脳裏に浮かんだ。

見立て殺人という言葉がある。見立て殺人とは、ミステリに登場する殺人手法のことで、伝承や童謡などに見立てて犯行を起こしたり、死体や殺害現場に装飾を施したりすることだ。もちろんこれも友人から聞いた、受け売りの知識である。彼によると、見立て殺人が登場するミステリは、アガサ・クリスティの『そして誰もいなくなった』や横溝正史の『獄門島』『犬神家の一族』あたりが有名なところだという。

もしかしたら、バッグのなかの生首は、乱歩や正史の小説に登場する殺害方法に見立てられたものではないか。二人の作品に、殺害した女の生首をバッグに隠したというものがあるかどうかは知らないが、その可能性は十分考えられる。犯人は乱歩か正史の熱狂的なファンで、小説にあった殺害方法を実践したのである。

ただし、いまのところそれは憶測の域を出ていない。ミステリに詳しい人ならば、どの小説に見立てたものであるか特定できるのだろうが、残念ながら和真にはそこまでの知識はない。友人に訊《き》いてみたいところだが、今は連絡を取る術《すべ》がない。それに、見立て殺人である確証はどこにもない。犯人が、この原稿と生首をバッグに入れたのは、もっとほかの理由があるのかもしれない。

いずれにせよ、常軌《じょうき》を逸《いっ》した犯行であることには変わりない。真実が知りたい。この女は誰で、なぜ自分のバッグに入れられていたのか。そして犯人は何者で、一体なぜ、江戸川乱歩と横溝正史の交流が綴《つづ》られた原稿も入っていたのか。

真実を推し量る術は、いまのところこの原稿しかない……。

不安な気持ちのまま、和真は大きくため息をついた。ふと……彼女の顔を思い浮かべる。

まだ少女のあどけなさが残る顔。えくぼが可愛《かわい》らしかった。

心を通わせているひとつ年下の女性である。もっとも大切に思っている人。彼女に会いたい……。切にそう願った。

そんなせつない気持ちを抱えたまま、彼は原稿に視線を落とした。

予期せぬ事態

貴和子との面会から一ヵ月が経った。

私は粛々と平凡な日々を送っていた。抱えている連載の原稿に取り組む毎日である。

行き詰まると、家を飛び出し、辺り構わず歩き回った。アイデアが浮かぶまで、家の周りをただひたすら徘徊する。近所の人からすると、私の姿は大層気味が悪いそうだ。鬼気迫る顔で、ぶつぶつとなにやら言いながら歩き回っているからだろう。時として、真夜中まで帰らないこともある。無一文のまま家を出るので、家人が心配して警察に捜索願を出したこともあった。

夜の晩酌のときも、探偵小説のことを考えている。私の一番楽しい時間である。酒を飲みながら、いいトリックを思いついたら、すぐさま書き留める。ただし翌朝、それを見ると「なんだ、これは」となることが常である。酔っ払っているときの着想は、ものにならないことがほとんどなのだ。

そんなわけで、私の日常は探偵小説一色なのだが、あの日以来、ふと貴和子のことを思い出すことがある。

乱歩と私の小説の愛読者だという美しい人妻。魅惑的な瞳でこちらを見る眼差し。髪をかき上げる身のこなし。全身から醸し出される淑女《しゅくじょ》の香り。そして、探偵小説に対する好奇心と深い造詣《ぞうけい》。

　もしかしたら、彼女と会ったあの日の出来事は、すべて夢だったのかもしれない。ふとそう思った。鬼塚貴和子という女性は、夢のなかだけに存在する幻だったのではないか。

　だが、夢や幻ではなかった。

　たった今、私はその事実を思い知らされたのだ。しかも全く予期せぬ形で、「鬼塚貴和子」と記された活字を、目の当たりにしたのである。

　それは底冷えのする寒い朝のことだ。欠伸《あくび》をしながら、トーストをかじっていた。前夜の酒が残る気だるさのなか、眠い目をこすりながら、何気なく朝刊を手に取った。

　すると、ある記事に目がとまった。

巣鴨《すがも》・廃屋の庭に若い婦女の首なし全裸遺体
殺されたのは大学教授夫人

　十日午前七時ごろ、豊島区《としまく》巣鴨にある廃屋の庭で、女性の遺体が見つかった。遺体は衣服を着けておらず、頭部を鋭利な刃物で切断された状態だった。捜査本部の発表によると、被害者は二十代から三十代の女性。遺体は廃屋の庭に放置されており、その前を通り掛かった通行人が見つけ、警察に通報した。切り落とされた遺体の頭部は未だ見つかっていない。その後の調べで、遺体の身元は、文京区小石川の鬼塚貴和子さん（二十九歳）と判明。鬼塚さんは、数日前から行方が分からなくなっており、夫でK大学教授の鬼塚宗一朗《そういちろう》さん（四十八歳）が警察の連絡を受けて遺体を確認。貴和子さんであることを認めた。警察は、頭部が切断されているなどの遺体の状況から、殺人事件と断定。事件の全容解明に向けて、捜査を進めている。

一気に眠気が吹き飛んだ。

紙面に書かれた〝鬼塚貴和子さん〟の文字を見て総毛立った。見間違いか、同姓同名の女性かもしれないと、何度も記事を確認する。夫が「K大学教授の鬼塚宗一朗さん」と記されているので、彼女で間違いないようだ。

貴和子が殺された。

しかも裸にされ、頭部が切断されていたというのだ。これはまるで、私や乱歩が書く探偵小説のような猟奇的な殺人事件ではないか。

新聞を持つ手がぶるぶると震えた。

私は常日頃、頭のなかで血なまぐさいことばかりを考えているのだが、それはあくまでも架空の出来事だから平気なのだ。現実に起こった事件となると、話は別である。あんな怖い小説を書いているのにといわれるが、それとこれとは違うのだ。

しかも、彼女とは一ヵ月前に会ったばかりではないか。まだ若く、聡明《そうめい》で美しい女性だったのに、不憫《ふびん》でならない。

今はただ被害者の冥福を祈り、合掌するしかなかった。

烏《からす》が、けたたましく鳴き喚《わめ》いた。見上げると、一羽《わ》の黒い烏が上空を旋回している。

和真は固唾《かたず》を呑んでいた。

鬼塚貴和子という女性が殺された事件――

遺体は頭部が切断され、まだ見つかっていないという。足下に置いたバッグに目をやる。このなかには、誰かが忍ばせた女の生首が入っている。

原稿に登場する「首のない女の死体」の事件と、バッグのなかにある「女の生首」。

正史の記述によると、殺害された鬼塚貴和子という女性は長い黒髪の美女であったという。バッグのなかの女も長い黒髪で、整った顔立ちをしている。

この事実は、一体何を意味しているのか。

バッグのなかの女が鬼塚貴和子なのか――

いやそんなはずはない。

この原稿が書かれたのは、相当昔のはずである。原稿のなかで、乱歩が正史の自宅を訪れたのが「昭和二十九年一月」とあるので、おそらくその時期に書かれたものなのであろう。

ということは事件が起こったのは、はるか昔のことになる。そのときに切断された生首ならば、今はミイラになって干からびているか、白骨化しているはずである。だがバッグのなかの女の頭部は、腐臭こそするが、皮膚や眼球の形は崩れておらず、生前の面影が分かるほどなのだ。

彼女が殺害されたのは、ここ数日のことなのだろう。バッグのなかの生首が鬼塚貴和子である可能性は、現実的にはありえなかった。

　では、この女が貴和子でないとしたら、一体誰なのか？　和真の脳裏に、また溢《あふ》れるように疑問符が浮かび上がった。

　なぜ自分のバッグにこの女の生首と原稿が入っていたのか？　誰が、なんの目的で……。

　何十年も前に殺されたという鬼塚貴和子の頭部はどこに消えたのだろうか？

　そして一体誰が、貴和子を殺害したのか？

　その夜、乱歩が私の家にやってきた。

　深刻な表情を浮かべている。顔を合わせるなり、彼は言う。

「いや、大変なことになったな」

「驚きました。まあ、どうぞお上がりください」

　離れの客間に招き入れ、乱歩と話をする。内容はもちろん、鬼塚貴和子の死についてである。

　彼は知り合いの新聞社の記者に連絡して、事件の詳細を聞いたという。

「遺体が見つかったのは、昨日の朝の七時ごろのことだ。発見者は、近所に住む伊達《だて》三郎《さぶろう》という三十九歳の会社員の男。遺体が遺棄されていた場所は、巣鴨駅から徒歩十五分ほどにある荒《あば》ら家《や》の庭である……」

乱歩が、独特の鼻声のようなかすれた声で話し始めた。まるで小説の構想や物語を語るときのようである。だがもちろんこれは小説ではない。現実に起こった事件なのだ。そう思うと、沈痛な思いに苛まれる。

彼の話をまとめると、次のようになる。

その日、伊達三郎はいつもどおり、通勤のため七時前に家を出た。巣鴨駅に向かい歩いて行き、狭い路地に入る。普段通る道である。人通りの少ない、寂しげな路地なのだが、駅まではここを通るのが一番近かった。急ぎ足でその路地を歩いていると、ある一軒の家の前で立ち止まった。二階建ての日本家屋である。数年前から誰も住んでいないようで、荒ら家と化していた。足を止めたのは、その家の庭が、普段とは何か違うような気がしたからだ。

路地と荒ら家は板塀で隔てられているのだが、ところどころ朽ち落ちていて、その間から庭が丸見えだった。誰も手入れするものがいないのか、庭は一面に雑草が生い茂り、荒れ放題の状態である。

気になって、荒ら家の庭の方へ目をやる。すると、奥にある古井戸のあたりに、何か白いものが見えた。一体あれはなんなのだろう。出勤の途中なので、急いでないわけではなかったが、好奇心がそれに勝った。その場に留まって、目を凝らした。

その白いものは裸の人間のようである。しかも、顔は板塀に遮られていてよく見えないが、体つきからすると女のようなのだ。そんな馬鹿なことがあるはずはない。朝っぱらから自分は夢か幻を見ているのだろうか。信じられずに、何度か目をこすった。だが見間違いではなかった。

古井戸の石蓋の上に、女が横たわっている。

○5○

しかもその女は、服も何も着ておらず、生まれたままの姿なのだ。むっちりとした太股《ふともも》も、ふくよかな乳房も陰部も露わなのである。真冬のこんな寒い朝に、素《す》っ裸《ぱだか》になって外で寝ているとはどういうつもりなのか。

あわてて身を乗り出し、庭の奥を覗き込んだ。板塀に隠れていた女の顔を見る。そして彼は、その場で腰を抜かしたのである。

その女には、首から上がなかった。

切り取られた首の断面は血にまみれ、肉が剝き出しである。そこから地面には、どろどろと黒ずんだ血がこぼれ落ちていた。伊達は仰天する。なんとか立ち上がり、這々《ほうほう》の体《てい》で駅前の交番に駆け込んだ。

その後所轄の巣鴨署に捜査本部が置かれ、捜査が開始された。警察は遺体が放置されていた荒ら家の庭や建物のなかを隈《くま》無く捜索したが、切断された頭部はどこにもなかったという。現在、範囲を広げて探しているが、生首が見つかったという報告はないとのことだ。

「警察の連絡を受け、昨夜の内に夫の鬼塚宗一朗が巣鴨署に駆けつけた。妻の貴和子が三日前から行方が分からなくなり、警察に捜索願を出していたからだ。それで、遺体の身体的特徴から妻であることを確認した」

一通り説明し終えると、乱歩は葉巻煙草《たばこ》に火を付けた。私は彼に質問を投げかける。

「犯人の目星はついているんやろか？」

「これはまだ報道されていないが、警察はある程度容疑者を絞り込んでいるという情報がある。ここ最近、鬼塚教授は誰かに脅迫されていたというんだ。教授のもとに幾度となく脅迫状が届いていたらしい。それで、何度か警察に相談に行っていたようだ」

「脅迫状？　一体誰から」

　煙草を吹かしながら、乱歩が言う。

「さあ、そこまでは分からない。あくまでも新聞記者からの情報だからな。それと、もうひとつ気になるのは、貴和子夫人の身の回りの世話をしていた、家政婦の風《かざ》間《ま》絹《きぬ》代《よ》という女性の行方も分からなくなっていることだ。ほら、私たちもホテルのラウンジで会っただろう。彼女と一緒に来ていた付き添いの女性だよ」

　私の脳裏に、あの日のことが蘇《よみがえ》る。ベールのついた帽子を目深にかぶった女である。だが同席しなかったので、どんな顔をしていたのか。よく思い出せない。彼女の消息も途絶えたというのは一体どういうことなのか。

「警察は、彼女が事件に関係がある可能性も視野に入れ、行方を追っているということだ」

　落ち着いた口調で乱歩が言う。とくに取り乱したり、動揺している様子はない。貴和子があんな恐ろしい殺され方をしたにもかかわらずである。彼は滅多なことでは動じない。怖がりの私とは大違いだ。例えば髭《ひげ》そりに失敗して、血を見ただけでも私は大騒ぎする。

　乱歩と貴和子の間に、私が想像しているような秘密の関係があったのだとしたら、彼は今、どんな思いでいるのだろう。冷静を装っているが、内心では激しく動揺し、悲しみにくれているのだろうか。だが乱歩の表情からは、その本心を推し量ることはできない。

「ほんならその生首は、貴和子さんを殺した犯人が持ち去ったということやろか」

　乱歩は首を傾《かし》げながら答える。

「さあ、それは分からない。いずれにせよ、警察は消えた生首と犯人の行方を躍起になって捜しているよ。ああ、それと教授によると、貴和子の特徴としては、左側のうなじのあたりに米粒大の二つのほくろがあったということだ」

二つのほくろ——

和真は、原稿用紙の枡目に書かれたその文字をじっと見つめた。

原稿の束を脇に置いて、あわててバッグの方に手をやる。ファスナーを開けると、腐臭とともに、油紙にくるまれた生首が露わになった。

手を伸ばし、女の顔に触れる。恐る恐る左耳にかかった髪をかき分けた。うなじの部分を注視する。

和真は息を呑んだ。

髪の生え際の近く。血の気の失せた青白い肌の上に、二つの黒い塊が並んでいるのである。

しかもそれは二つとも、米粒大ほどの大きさなのだ。

汚れやゴミのようなものかもしれない。そう思い指先で触れてみるが、取れるようなものではなかった。そのまま何度か擦ってみたが、消えることもない。絵の具や化粧道具で書かれたものでもないようだ。まさしくその二つの黒い塊はほくろだった。

愕然《がくぜん》として、バッグのなかの女の顔を凝視する。ということは、この女が鬼塚貴和子ということなのか。いや、それはありえない。彼女が殺されたのは、何十年も前のことなのだ。この生首が、乱歩と正史が遭遇したという事件の女であるはずがない。

だがこの女は、原稿のなかにある鬼塚貴和子の描写と一致している。長い黒髪。切れ長の目。形のいい唇。そして、うなじの左側にある二つのほくろ……。

果たしてこれは偶然の一致なのだろうか。

確かに長い黒髪の女性は数多《あまた》いる。うなじにほくろが二つある女性も、この世に一人しかいないというわけではない。

だが、それにしても、この生首が鬼塚貴和子であることを示す条件が揃《そろ》いすぎている。しかも、貴和子の事件が記述された原稿が、生首と同じバッグに入れられていたのだ。

何か、恣意的《しいてき》なものを感じずにはいられない。

女の生首と昭和二十九年に書かれた原稿――

この二つの間には、何か関係があると思わざるを得ない。激しく頭が混乱する。この非現実的な状況を冷静にとらえることができない。

落ち着け、落ち着け、落ち着け……。心のなかで、必死に自分に言い聞かせる。一体なぜ、こんなことになってしまったのか。

和真は記憶の糸を辿る――

まぶしさに顔をしかめる。目映《まばゆ》い光が網膜を突き刺すようだ。

朝飛び起きて、あわてて学校に向かっていた。

陽光が差し込む道。

講義の時間は迫っている。和真は懸命に走っていた……。

だが、そこから先が思い出せない。記憶の大部分が欠落しているからだ。なんとか思い出そうとするが、脳裏に浮かぶのは、まとまりのない、切り取られた断片のようなものしかない。

そうだ……。

誰かが駆け寄ってきた。

一人ではない。数人の屈強な男たちだ。怒号を浴びせかけられ、腕を羽交い締めにされた……。

どうやら自分は誰かに捕らえられたようなのだ。

そのあと、どうなったのだろう。必死に思い出す。光の届かない深い海の底に潜入していくかのように、記憶を辿っていく。

どこか暗い部屋にいる——

自分は閉じ込められた。逃げだそうとしても逃げだせなかった。自分は監禁された。

駄目だ。やはりうまく思い出せない。一体どれくらい監禁されていたのだろうか。

時間の感覚が全くない。数時間なのか。数日なのか……。ということは、拉致されたのは今朝の出来事ではなかった可能性もある。それ以降の記憶は切り取られ、まるで一瞬の間に起きたかのようにも思う。だが、あれからもう何日も経っているのかもしれない。

懸命に、脳裏の記憶を呼び覚ます……。

覚えているのは、鉄格子のある牢獄《ろうごく》のような場所に監禁されていたということだけである。いや……かびの臭いが漂う、薄暗い畳敷きの部屋にいたこともあったような気がする。そうだ……注射器で何か薬物のようなものを射《う》たれたことも……。

　そして気がつくと、アスファルトの歩道を歩いていたのである。視線の先には、真新しいビルが建ち並ぶ都会の風景。ようやく自分は解放されたことを悟る。

　朦朧《もうろう》としたまま、その場に立ちすくんだ。なぜ自分は拉致されたのか。そして彼らは何者なのか。とにかく、警察に駆け込んで事情を話すしかない。

　そう思い、歩き出した。だが、すぐに何か違和感を覚えた。立ち止まり、手にしていたバッグに目をやる。重さがいつもと違うような気がしたからだ。バッグを持ち上げ、ファスナーに手をかけた。

　中を見て、和真は唖然とする。入っていたのは、テキストやノートではなかった。部屋を飛び出たときに入れた、財布や携帯もどこにもない。そこにあったのはオレンジ色の油紙に包まれた丸い塊……。一体これは何なのだろうか。もちろん自分の所持品ではない。

　もしかしたら、これは他人のバッグなのか。いや……自分の通学用のバッグに間違いなかった。中身だけが入れ替わっているのだ。

　油紙に包まれていたのは、切り落とされた人間の生首だった。

　それも美しい女性の……。

　あわててファスナーを閉じる。

　自分が今見たものは、現実のものなのか。激しく混乱する。そして彼はバッグを手にしたまま、その場から駆け出したのだ。

頭上を見上げると、さっきの鳥がまだ旋回していた——

いつの間にか空は晴れ渡り、木々の隙間から陽が差している。

この公園の茂みに隠れて、どれくらいの時間が経過したのだろう。自分の身に何が起こっているのか？　皆目見当がつかない。

さっきまでは意識が昂《たか》ぶっていて気がつかなかったが、なぜか身体《からだ》中がひりひりする。袖をまくり上げると、腕には無数のみみず腫れの傷跡があった。背中にも鈍い痛みがある。監禁されていたときに、拷問を受けたのだろうか。裸になるときっと全身が傷だらけに違いない。一体なぜ自分がこんな目に遭うのか。皆目見当がつかない。

自分を拉致した犯人は一体何者なのだろうか。捕らえられたときは、男が複数いた。監禁された場所でも、彼らは一人だけではなかった。拉致は単独犯ではなく、組織だって行われたのだ。でもそれ以上のことが思い出せない。記憶の断片を探ろうとするがこれが限界だった。なぜ自分は拉致されたのか。どれくらいの間、監禁されていたのか。そして、バッグのなかに、なぜ女の生首が入っていたのか……。

自分を監禁した人物（組織？）が、中身だけを入れ替えたのだろうか。監禁している間に女を殺し、生首を入れたバッグを持たせ、解放したのだ。だがもしそうだとしたら、その行為には一体どんな理由があるのか。彼らは一体、どんな組織だというのか。

そして拉致犯と、昭和二十九年に起きた事件とのつながりはなんなのか。なぜ生首が入ったバッグに、乱歩と正史の交流を描いた原稿が入っているのか。

そもそも、この生首の女は誰なのだ？

自分を監禁した組織と、なんらかの関係がある女性ということなのだろうか？　殺害された鬼塚貴和子という女性の描写と、生首の女が酷似している理由はなんなのか。

ここで、一人で思い悩んでいても仕方ないことは分かっていた。やはり警察に行くべきなのだろう。

だがやはり、どれだけ信じてもらえるかは不安である。今はとにかく情報が欲しい。警察に駆け込むのは、この原稿に最後まで目を通してからでも遅くはない。

ファスナーを閉じて、和真は再び原稿の束を手に取った。

一枚の写真

翌日も、新聞には鬼塚貴和子の殺害事件の記事が紙面に躍った。

その見出しだけ書き出してみると、

『巣鴨の猟奇殺人事件　消えた若妻の生首』

『残虐　目を背ける　首なし全裸遺体は教授夫人』

『巣鴨の首なし猟奇事件「陰獣事件」の再来か？』

このように、各紙一様に扇情的な言葉で事件を報じている。

見出しにある「陰獣事件」とは、戦前に起こった猟奇殺人事件のことだ。その事件について紹介しておく。

昭和七年二月八日。愛知《あいち》県名古屋《なごや》市の人里離れた川沿いの鶏小屋で、若い娘の腐乱死体が見つかった。遺体は頭部が切断され持ち去られた上、乳房と下腹部がえぐり取られていた。遺体の身元は十九歳の娘と分かり、彼女と交際していた四十三歳の和菓子職人の男が容疑者として浮上する。職を失い自暴自棄になっていた男は、情痴の果てに娘を殺害したというのだ。男は失踪し行方が分からなくなっていたが、事件発覚からおよそ一ヵ月後に、腐乱死体となって発見された。娘の遺体が見つかった場所にほど近い、茶店の物置で首を吊《つ》っていたのだ。当時の新聞はロ々にこの事件を「陰獣事件」と書き立てた。「新青年」で『陰獣』を連載してから四年後に起きた出来事である。あの小説には首なし死体など出ておらず、類似点はあまりないように思うが、当時の乱歩人気にあやかってこのように報じたのだ。

貴和子の事件に話を戻そう。記事には新たに、事件の続報が記述されていた。まず被害者は殺害されたあとに、首を切り取られていたことが判明した。司法解剖の結果、切断創《せつだんそう》から生活反応が検出されなかったというのだ。頭部を切断されたことが、直接の死因ではなかった。

さらに、貴和子の遺体はどこか別の場所で首を切り取られ、荒ら家の庭に持ち込まれたことが分かった。現場周辺を捜索した結果、遺体を損壊したような痕跡がある場所は見つからなかったという。

記事にはもうひとつ、興味深いことが書かれていた。遺体が放置された荒ら家は、曰《いわ》く付《つ》きの場所だった。実はかつてその廃屋で、残忍な一家殺害事件が起こっていたというのだ。事件が起きたのは五年前。今は誰も住むものがなく、荒れ放題になっているのも、その事件が原因なのだという。

昼すぎにまた乱歩がやってきた。

知り合いの新聞記者に話を聞き、事件の新しい情報を仕入れたという。

離れの客間に入り、火鉢を囲んで話をする。乱歩は早速、鞄《かばん》から黒表紙の手帳を取り出すと、ページを開いて、私に差し出した。手帳には、細かい文字がびっしりと並んでいる。

「鬼塚教授のもとに来た脅迫状の内容が分かった。ほら、ここにメモしてある。読んでみるといい」

葉巻煙草をくゆらしながら、乱歩が言う。そこには、流れるような筆跡で、脅迫状の文面が綴られていた。

鬼塚宗一朗殿

貴殿に与えられし痛み、羞恥、心労、生涯忘れがたき屈辱の極みなり。

絶対に許すまじ。

○6○

貴殿の死を以《もっ》て、その恨み晴らさんとす。
いつ如何《いか》なる手段で命を取るのか。
乞う御期待あれ。

××××

鬼塚宗一朗殿

天命に従いて汝《なんじ》を討つ。
貴殿に与えられし命の時はあとわずか。
覚悟するがいい。
早く貴殿の死に怯《おび》え、打ち震える顔が見たい。
命乞いをして、泣き喚く、無様な姿が見たい。

××××

鬼塚宗一朗殿

まずは謝らねばならない。
貴殿の命を奪えば、我が恨み果たせると信じていた。
だが、ここでその考えを改めることとす。

貴殿を嬲《なぶ》り殺《ごろ》しにしただけでは、本懐を遂げたことにはならないのではないか。
そんな疑念が生じたからだ。
誠に申し訳ない。
殺すだけでは物足りないのだ。
貴殿には、死よりももっと凄《すさ》まじい制裁を与えることとす。
汝にとって、死より恐ろしいものは何か。
ふふふふふ。
それを考えるだけで、愉快痛快。笑いが止まらない。
貴殿も楽しみにしておいてくれ給《たま》え。
自分の身に何が起こるのか。
乞う御期待あれ。

×××

手帳には、三通分の脅迫状の文面が書き写されていた。差出人の名前も実名で書かれていたが、事情があって伏せ字にした。その理由に関しては、後で説明する。

「脅迫状は、この三通だけやったんやろか」

「ほかにも来てたようだ。記者によると警察が教えてくれたのが、この三通だったそうだ。白紙の便箋に、手書きの殴り書きのような文字で書かれていた」

「差出人の××××（※以降Xとして表記）という人物は、一体何者なんやろ」

手帳を見ながら私が言う。乱歩は煙草を咥《くわ》えたまま、憮然《ぶぜん》とした顔で答える。

「鬼塚教授の元患者だった男だ。教授のことを、ひどく恨んでいるらしい」

鬼塚宗一朗はK大で、犯罪心理学を専門にしている。警察や検察と協力関係にあって、事件を起こした犯人の精神鑑定や治療を手がけることもあるようだ。

「では、そのXという男も、何か事件を起こした犯人というわけやね」

「そういうことだ。Xは五年前に、自分の両親と兄と妹の家族四人を殺害している。すぐに逮捕されたが、精神鑑定の結果、治療が必要ということになり、鬼塚教授のもとに預けられた。だが三年前に病院を脱走し、現在も消息は分かっていない」

Xは精神の病を抱える患者だった。その点を考慮し、本稿ではその人物をXという仮名で表現することにした。

「ということは、貴和子さんの遺体が発見された荒ら家というのが……」

「そうなんだ。その荒ら家が、Xが一家を皆殺しにした場所というわけだ」

神妙な顔で乱歩が言う。

貴和子の首なし遺体が放置されていた場所。そこは、Xが起こした一家惨殺事件の舞台となった家だった。事件後、Xは鬼塚教授のもとで治療を受けて、三年前に病院を脱走。教授に脅迫状を頻繁に送りつけていたというのだ。首のない女の死体に過去に起こった惨殺事件。そして殺人鬼から送られてきた脅迫状。それにしても、ほんまに事件が探偵小説じみてきた。

「何があったか分からないが、Xは教授をひどく憎んでいたということだ。警察は今、躍起になってXの行方を追っているよ」

「では、そのXが貴和子さんを殺した犯人であると？」

「警察はそう考えている。五年前の事件資料に残されたXの筆跡と、脅迫状の筆跡が一致している。便箋からはXの指紋も検出されたそうだ。それに遺体が遺棄された場所が、Xが起こした惨殺事件の舞台だったという事実もある」

乱歩の話を聞いて、私は首を傾げた。

「でも、なんかできすぎてやしませんか。あまりにもXが犯人であるという状況が揃いすぎているような」

「これは探偵小説じゃないんだ。現実に起こった事件なんだよ。仕事柄、そんな風に考えたい気持ちは分かるが」

「ほんなら、その行方が分からなくなった家政婦はどうなったんです。あのとき、貴和子と一緒に来ていた……」

「風間絹代のことだね。彼女の行方も依然として分かっていない。警察は、絹代もXに殺されたのではないかと踏んでいるようだ」

煙草を吹かしながら乱歩が言う。

そのとき、私は微《かす》かな違和感を覚えていた。昨日とは違い、彼の声にわずかに苛立《いらだ》ちが混じっているような気がしたからだ。一体どうしたのだろうか。彼がこのように感情を露わにすることはあまりなかった。やはり今回の事件には、私には分からぬ特別な思いがあるのではないか。そんなことを考えていると、乱歩が口を開いた。

「実はひとつ面倒なことがあった」

重々しい口調で言う。

「今日、貴和子の夫の鬼塚教授から連絡があった。事情を聞きたいから、一度話がしたいと言われている」

「事情が聞きたい……ほんなら鬼塚教授は、我々が貴和子さんと会っていたことを知っているというわけやね」

「そうだ、貴和子も言っていたように、鬼塚教授は大の探偵小説嫌いであるらしい。教授は、彼女が私たちの小説の熱心な愛読者であることを快くは思っていなかったそうだ」

不機嫌そうな顔で乱歩が言う。

苛立ちの原因は、貴和子の夫に呼び出されているからなのか。だが、それだけで機嫌が悪くなるだろうか。

貴和子と会った日も、別れ際に彼は私に何か言おうとしていた。それが気になって、仕方なかったのである。やはり、乱歩は何かを隠している。直感的にそう思った。もしかしたら、彼と貴和子の間には、本当に後ろめたい関係があるのかもしれない。いい機会だ。思い切って訊いてみることにする。

「ひとつ訊きたいことがあるんやけど……この前……ホテルのラウンジで彼女と会った日、あんた帰る間際に私になんか言いかけたやろ。あのとき、何を言おうとしてたんです？」

「そうだったかな。忘れてしまった」

質問をはぐらかした。私はさらに乱歩に問いかける。

「気分を害したらあれなんやけど……あんた……なにか、その……私に隠していることがあるんやないか」

するとと乱歩は、じろりとこちらを見る。眼鏡の奥の目は、決して穏やかな様子ではない。発言を後悔するが、言ってしまったのだから仕方ない。乱歩はじっとこちらを見据えたまま言う。

「隠していることとは？」

「貴和子さんのこととか。そうや……二人は、どうやって知り合ったんです」

顔色ひとつ変えず、乱歩が言う。

「君には言ってなかったかな。彼女から手紙が来たんだ。自分は探偵小説の熱心なファンだって。それで、何度か手紙のやりとりをして、一度会っただけだ……。それから、君を誘ってホテルのラウンジで会った。だから、彼女と会ったのは二回だけだよ」

「ほんまですか？」

「本当だよ。……君は何が言いたい」

私は恐る恐る答える。

「それは……その……例えばあんたと貴和子さんが、なんか特別な関係やったとか」

乱歩の表情にわずかな変化が生じた。固唾を呑んで、彼の様子を見守る。

怒り出すのか、笑い出すのか、一体どんな反応を示すのか。

すると、煙草の火を灰皿に押しつけた。眉間に皺を寄せたまま腕組みをする。なにやら考えているようだ。私の言葉は図星だったのか。やはり……。

だがそのあと、彼は意外な行動を取る。矢庭に、毛むくじゃらの手を伸ばすと、私が持っていた手帳を奪い取った。ページをめくり、中に挟んであった紙片を差し出す。

「これを見てくれないか」

やけに落ち着いた声で乱歩が言う。紙片は手札判《てふだばん》（八・五×十センチ）と呼ばれるサイズの写真だった。私はそれを見て仰天する。

「さあ、手に取ってよく見てご覧なさい」

乱歩に写真を手渡された。

そこには、ソファに横たわる女性の全身が写されている。女性は鬼塚貴和子だ。カメラに視線を向けて、上目遣いに微笑《ほほえ》んでいる。私が驚いたのは、写真に写っている貴和子が、衣服も下着も何もつけていなかったからだ。

美しい裸体を露わに、欧風のソファに寝そべっている貴和子。

痣《あざ》や傷ひとつない、絹のような白い肌。なめらかな曲線を描いている肢体と、つんと上を向いた豊満な乳房。肉付きのよい太股と臀部《でんぶ》。その中心に生えている黒々とした陰毛。背後の窓から差し込む、穏やかな陽光がより一層、彼女の美しさを際立たせている。

本当にこれはあの鬼塚貴和子なのか。写真の女の顔をまじまじと凝視する。

間違いなかった。

長い睫毛に人を魅了するような眼差し。形のよい魅力的な唇。左のうなじには二つの並んだ小さなほくろも見える。写真の女性は、以前私がホテルのラウンジで会った女に相違なかった。

だが一体なぜ、乱歩がこんなものを持っているのか。思わず私は声を上げた。

「なんでこんな写真を……。やっぱりあんたは貴和子さんと」

「勘違いするな。それは私が撮ったものではない。送られてきたんだ。彼女と初めて会ったそのあとに」

「送られてきた？　貴和子さんから？」

「さあ、それは分からない。自宅の郵便受けに封筒が届けられていて、中にそれが入っていた。差出人は書いていなかった。ほら、写真の裏に書いてある」

写真を裏返すと、万年筆で書いたと思《おぼ》しき黒い文字で『江戸川乱歩さんへ』とあった。

腕組みをしたまま、憮然とした顔で乱歩が言う。

「私は大いに悩んだよ。その女性が見知らぬ人ならば、悪戯《いたずら》の類いとして放っておくのだが、写っていたのは貴和子だったからな。一体誰がどんなつもりで、私に彼女の裸の写真を送りつけたのか。それは貴和子本人なのか。それとも、彼女ではない誰かほかの人物なのか。もし貴和子本人だとしたら、一体何を考えていたのか」

困惑したような顔で話を続ける。

「それで、彼女がどんな女性なのか、君にも意見を聞こうと思って、会ってもらうことにしたんだ」

「そういうことやったんですね。それならそうと、最初に言ってくれたら」

「変な先入観を与えてはいけないと思ったからね。会う前にこの写真を見てしまうと、色眼鏡で彼女のことを見てしまうだろ。それであの日、別れ際に話そうと思ったんだが、結局言い出すことができなくて」

「なるほど」

そう言うと私は、改めて写真に視線を落とした。

複雑な感情が交錯する。男なら誰しも目を奪われる、魅惑的な女性の裸体が写された写真。しかもそれは、あの鬼塚貴和子であり、彼女はもうこの世にはいなかった。無残にも殺害され、首を切り落とされたのだ。

ますます分からなくなってきた。誰が一体、なんの目的でこの写真を乱歩に送りつけたのか。そしてなぜ、貴和子は殺害されたのか。

すると、彼は言う。

「その写真、君が持っていてくれないか」

思わず私は写真から視線を上げた。

「私が？」

「頼む。私が持っているとまずい。教授は私に対して、あまりいい感情を抱いてはいない。こんな写真を持っていると、貴和子と関係があったと疑われてしまうだろ」

和真の手が止まった。

原稿用紙の間に、一枚の紙片が挟んであることに気がついたからだ。

紙片の隅には、『江戸川乱歩さんへ』と書いた手書きの文字——

これは……。

紙片を裏返すと、それは裸の女が写っているモノクロ写真だった。原稿に記述されていたものに違いない。乱歩から預かった正史が、原稿の間に挟んでおいたのだろうか。

被写体の女の顔を見て、和真は啞然とする。

鬼塚貴和子が写されたという写真。原稿に書かれたとおり、彼女は生まれたままの姿で、ソファに横たわっている。だが、和真が驚いたのはそこではなかった。

その女性の顔はまさしく、バッグのなかにいる生首の女と同じだったからだ……。

そんな馬鹿なことがあるはずはない。

写真を手にしたまま、足下のバッグを持ち上げた。辺りに誰もいないことを確認して、ファスナーを開いた。生首の女の顔が露わになる。写真の女の顔と、バッグのなかの女の顔を見比べた。

よく似ているという話ではない。寸分たがわず同じなのだ。鼻筋の通った整った顔立ち。形のいい唇。耳の形や、二つのほくろの位置まで一致している。

和真は激しく混乱する。

バッグのなかの生首の女は、鬼塚貴和子そのものであるからだ……。

一体これはどういうことなのか。

そんなことがあるはずはなかった。鬼塚貴和子は昭和二十九年に殺害された女性なのだ。

だが、そのありえるはずのないことが現実に起きている。生首の女と貴和子の描写がよく似ているのは、偶然の悪戯か、誰かの恣意的な偽装ではないかと思っていた。だがこの写真を見て、その考えは根底から覆される。

この生首の女は、鬼塚貴和子なのである。ここにあるのは、はるか昔に切り落とされ、行方が

○7○

分からなくなったという貴和子の生首なのだ。

俄《にわか》には信じられなかった。だが、これでもう「鬼塚貴和子＝生首の女」という事実は否定することができなくなった。

でも一体なぜ、何十年も前に消えた生首がここにあるのだろうか。乱歩や正史が生きた時代に殺された女の生首が、どうしてバッグのなかに入っていたのか。もはや、論理的に解き明かすことは不可能ではないか……。

和真は呆然《ぼうぜん》とする。頭がおかしくなりそうだった。

深呼吸して、気持ちを落ち着かせる。

原稿のなかにあった、貴和子の言葉が脳裏に蘇った。ホテルのラウンジで乱歩と正史と面会した後、別れ際に彼女は二人にこう問いかけた。

――条理では割り切れない、夢のような不思議な出来事はあるのか――

まさに、自分が置かれている状況は、この「夢のような不思議な出来事」である。この不条理な出来事を導き出す「解」は、いまのところそれ以外に考えつかない。

果たして、原稿の続きにその答えが記されているのだろうか。

事件の考察

暗くなる前に乱歩は帰っていった。

夕飯を一緒にと勧めたが、遠慮して辞去なされた。不気味な事件に巻き込まれているのだ。呑《のん》気《き》に食事をしたり酒を飲んでいる場合ではないのだろう。

そもそも乱歩はあまり酒が好きではない。私とは対照的だ。私は毎夜、晩酌がないと眠れない。病気のこともあるので、医者からもほどほどにするように言われているのだが、酒はやめられない。一杯やりながら、探偵小説やトリックのことを考えるのが、私にとって至福の一時であることは前述のとおりだ。

乱歩と私は本当に対照的である。彼は、戦前は人嫌いで有名だった。編集者とも誰とも会いたがらず、すぐに行方をくらましては放浪の旅に出る。そのころの私は、今と違いとても社交的だった。「新青年」の編集者をしているときは、銀座《ぎんざ》などに繰り出しては、朝方まで飲み歩いていた。病気になってからは一転して、なるべく人と会わないようにする生活になり、今に至っている。

乱歩は戦争を境に大きく変わった。突如として社交的になり、作家同士の会合にもよく顔を出すようになった。飲めない癖に、作家仲間や編集者と、よく夜の街に繰り出していると聞く。探偵作家クラブを立ち上げ、後進の育成にも熱心だ。何が彼を変えたのかはよく分からない。探偵小説の開拓者としての自覚がそうさせたのだろうか。それとも、小説をあまり書いていないので、その代わりにとそういう活動でもして、探偵小説の発展に取り組んでいるのか。いずれにせよ、もともと彼は面倒見のいい男なのだ。私が今、こうして作家としてなんとかやっていけるのも乱歩のおかげである。感謝してもしきれない。

それにしても彼は不思議な男だ。時として兄貴のように優しく、時として傲慢である。時として自信に満《み》ち溢《あふ》れ、時として絶望的に自虐的になる。いつも仏頂面で、怒っているのか、悲しんでいるのか、喜んでいるのかよく分からない。長い付き合いになるのだが、いまだ彼は私にとって謎に満ちた存在なのだ。

その夜、私はこたつに入り、一人ちびちびと盃《さかずき》を傾けていた。酒のあては、女房が焼いてくれた鯵《あじ》の塩焼きと、ほうれん草の浸しや芋煮などの小鉢が少々。呑みながら、貴和子の事件について考えることにした。自分も探偵作家の端くれではあるので、事件の真相を紐《ひも》解《と》く糸口だけでも見《み》出《いだ》すことができればと思ったからだ。

それにしても、乱歩から渡された写真には驚いた。彼の頼みだから断ることはできなかったが、私だって、持っているとあらぬ疑いをかけられる。今ここで写真を出して、推理の手がかりにしたいのはやまやまなのだが、女房がいる手前出すわけにはいかない。

あの写真は一体誰が撮影したのだろう。夫なのか。それとも、別の誰かなのか。そして一体誰がなんの目的で、乱歩の自宅にあの写真を送りつけたのか。

ますます分からなくなってきた。

気がつくと、私はがりがりと頭を掻きむしっていた。そういえば、こんなとき金田一耕助ならどうするのだろう。まずは今分かっている事件の概要を整理することから始めるはずだ。

私もそれに倣《なら》うことにした。事件の状況をまとめると、以下のようになる。

・一昨日の午前七時ごろ、巣鴨の廃屋で女性の首なし遺体が発見された。
・遺体は衣服を何も身に着けておらず、切断された頭部は見つかっていない。
・発見者は、近くに住む伊達三郎（三十九歳）という会社員の男性。
・通勤の途中、廃屋の庭に遺体が放置してあるのを見つけ、警察に通報した。
・その後、遺体はＫ大教授夫人の鬼塚貴和子（二十九歳）と判明する。
・貴和子は、遺体発見の三日前から行方が分からなくなっており、捜索願が出されていた。
・貴和子の身の回りの世話をしていた風間絹代も、現在連絡が取れない状態である。
・司法解剖の結果、被害者は殺害された後に、頭部を切断されたことが判明している。
・貴和子の遺体はどこか別の場所で首を切り落とされ、廃屋の庭に持ち込まれていた。
・警察は目下、失われた貴和子の頭部の行方を探している。
・特徴は左のうなじにある二つのほくろ。

事件についての概要は、ざっとこんな感じだろうか。

さらに夫の鬼塚教授の証言により、Ｘという容疑者が浮上している。Ｘについての情報は次のとおりだ。

・Ｘは鬼塚教授の元患者である。

・五年前に、自分の両親と兄妹《きょうだい》の家族四人を殺害した。
・精神鑑定の結果、治療が必要ということになり、鬼塚教授が担当することになった。
・三年前に病院を脱走し、現在は消息が分かっていない。
・ここ最近、教授のもとにＸという人物から頻繁に脅迫状が届いていた。
・脅迫状の筆跡はＸのものと一致しており、便箋からもＸの指紋が検出されている。
・貴和子の遺体が遺棄されていた廃屋は、Ｘが起こした事件の舞台となった場所である。
・警察は目下、Ｘを最重要容疑者として行方を追っている。

乱歩と鬼塚貴和子の関係についてもまとめておくことにする。

・二人が知り合ったのは、貴和子からの手紙がきっかけである。
・彼女は探偵小説の愛読者で、乱歩や私の作品にもとても詳しい。
・乱歩は何度か手紙のやりとりをした後、貴和子と面会を果たした。
・面会の後、乱歩のもとに貴和子の全裸写真が届く。差出人は不明。
・その後、乱歩は私を誘い、ホテルのラウンジで彼女と再会した。
・それから一ヵ月後、貴和子が殺害される。
・鬼塚教授は、妻が探偵小説の愛読者であることを快く思っていなかった。
・乱歩は教授から面会を求められている。

以上が、現在事件について分かっていることだ。こうして整理してみると、やはりXが限りなく犯人に近いように思う。

筆跡が一致し、指紋も検出されているので、脅迫状は彼が書いたもので間違いないのだろう。脅迫状の文面を読むと、Xは教授に深い憎しみを抱いていることが分かる。『貴殿の死を以て、その恨み晴らさんとす』『貴殿に与えられし命の時はあとわずか』などと、鬼塚教授の命を奪い、自らの復讐を完遂させようとしたことがうかがい知れる。

だが、その後心境に変化が生じたようだ。三通目の手紙には、『殺すだけでは物足りないのだ』『死よりももっと凄まじい制裁を与えることとす』と、鬼塚の命を奪うのではなく、別の方法で恨みを晴らすと宣言している。その結果、鬼塚教授の妻である貴和子の遺体が、見るも無残な姿で見つかったのだ。彼女の死は、鬼塚教授に対する『死よりももっと凄まじい制裁』だったと考えることができる。

遺体が放置された廃屋も、五年前にXが起こした一家皆殺し事件が起こった場所だった。その事実も、Xが貴和子殺しの犯人と目される、重要な要因のひとつである。

五年前にXが起こした事件とは、どんなものだったのか。

乱歩が新聞社に行って、保存されていた当時の記事を手帳に書き写していたので、ここに引用する。昭和二十四年十月八日と九日付の記事である。

巣鴨で一家四人惨殺

真夜中の凶行　助けを乞う叫び声に住民騒然

七日未明、豊島区巣鴨の住宅から悲鳴が上がり、駆けつけた近隣住民らによって、一家四人が死亡していたのが見つかった。死亡したのはその家に住む小池正蔵《こいけしょうぞう》さん（五十五歳）と妻の峰《みね》子《こ》さん（五十一歳）、長男・史朗《しろう》さん（二十二歳）と長女・美《み》鈴《すず》さん（十九歳）。四人は皆、頭部から血を流しており、発見時にはすでに息がなかった。「部屋中に血が飛び散り、頭を割られた死体が折り重なるように倒れていた。まるで地獄絵図のような風景だった」とは現場を目撃した近隣住人の弁。警察によると、現場周辺には昨夜から不審な男がいたという目撃証言が複数あり、慎重に捜査を進めている。

巣鴨の一家四人惨殺事件・殺害犯を逮捕
犯人は被害者家族の次男

豊島区巣鴨で小池正蔵さん（五十五歳）ら一家四人が殺害された事件で、捜査本部は八日、墨田区《すみだく》荒《あら》井町《いちょう》に住むＸ（二十歳）の身柄を確保した。Ｘは死亡した小池正蔵さんの次男に当たる男で、同居はしていなかった。その後の調べで、Ｘは容疑を認めており、自宅からは、殺害に使用したという血痕が付着した斧《おの》が見つかっている。供述によるとＸは、七日未明に小池さん宅に押し入り、両親や兄妹を次々と殺害したという。一体なぜＸが、家族を惨殺するという凶行に及んだのか。さらなる解明が待たれる。

記事には、犯人の名前が実名で記されていたが、前述のとおり、本稿では匿名にした。

なぜＸは、自分の家族を皆殺しにしたのか。犯行の動機については、記事には記されていない。その後Ｘは精神鑑定にかけられ、心神喪失により、刑事責任能力が無いことが認められた。彼の身柄は治療のため、Ｋ大の鬼塚教授のもとに送られている。よって、凶行の原因は、多分に精神的なことに起因していたのではないかと推測することができる。その辺りのことは、きっと鬼塚教授が詳しいに違いない。

それから、治療を受けるようになったＸは、今度は教授を恨むようになった。そのときに一体何があったというのか。脅迫状には『貴殿に与えられし痛み、羞恥、心労、生涯忘れがたき屈辱の極みなり』と記されている。『痛み』とあるのは、治療中に肉体的な苦痛を与えるようなことが行われていたということなのだろうか。『羞恥、心労』とあるのは、精神を苛むような行為が行われていたのかもしれない。治療と称して、彼には拷問や折檻《せっかん》などの非人道的なことがされていたのだ。もちろん、真偽のほどは定かではない。いずれにせよ、Ｘは治療を受けて、教授を殺すだけでは物足りないほどに、激しい憎悪を抱くようになった。

貴和子の遺体は、五年前にＸが起こした凶行の舞台である小池宅の庭に放置されていた。事件以降、その家には誰も住むものがおらず、今では荒ら家と化している。庭と路地を隔てる塀も朽ちて、ところどころ板が抜け落ち、外から遺体が遺棄された古井戸の辺りはよく見えたという。そのことから、犯人（もしくは遺体を遺棄した誰か）は、貴和子の首なし遺体を見せしめのごとく、そこに置いたのではないかという推測が成り立つ。貴和子を殺害したのがＸならば、それは鬼塚に対する復讐行為であるととらえるのが自然だろう。脅迫文にある『死よりももっと凄まじい制裁』だったというわけなのだ。

以上の点から、警察はＸを最重要容疑者として考えている。

確かにこのように、これまでの状況を整理すると、Ｘが犯人であることに疑いの余地がないようだ。しかし、ここが探偵作家の悪い癖なのだが、私としてはいささか腑《ふ》に落ちない点がある。あまりにも、Ｘが犯人であることを示唆する状況が揃いすぎているのではないかと思うのだ。考えすぎなのかもしれないが、誰かがＸに罪を着せるように仕向けているような気がしてならない。

Ｘが教授に恨みを抱いているのは事実だとしても、貴和子を殺害した犯人がＸであるかどうかは分からない。脅迫状の存在を知った真犯人が、Ｘの存在を利用して、罪をなすりつけているのかもしれない。また、遺体遺棄現場が五年前の惨殺事件の舞台だからといって、Ｘを犯人と決めつけるのも、早計なのではないか。真犯人が、Ｘの犯行であると見せかけるために、荒ら家の庭に置いた可能性も否定できない。

さらに解《げ》せないのが、貴和子の首が切断されていたという事実である。Ｘは五年前に家族四人を殺害したというが、遺体の首は切断していなかった。貴和子を殺害したのがＸだとしたら、なぜ今回は首を切り落としたのか。精神が錯乱した人間の行為なので、道理も何もあったものではないかもしれないが、どうも気になる。

昭和七年に名古屋で起きた女性の首なし遺体事件では、犯人の男は遺体の生首を持って逃走していた。被害女性の若い娘と道ならぬ恋に落ちていたという男。彼が娘を殺害し、切断した頭部などの遺体の一部を持ち去ったのは、彼女を愛しすぎたゆえの、情痴の果てに起こした行動だったというのだ。

では、Xの場合はどうなのだろうか。貴和子の首を切り落としたのが、名古屋の事件と同じような理由だとしたら、二人の間にはなんらかの恋愛関係のようなものがあったということになる。二人には、一体どんな接点があったのか。残念ながら、いまのところそれについては分かっていない。

あるひとつの仮説を立ててみる。

Xは復讐のために、鬼塚教授の妻の貴和子に近づいた。しかし、やがて彼は本当に彼女に恋心を抱くようになる。復讐と恋情との間で葛藤するX。そして彼は、歪んだ愛欲の果てに彼女を殺害、首を切断し、それを持って逃走した。

このように考えれば、一応の説明はつく。

だが、Xが「愛のために」貴和子の首を切断したのだとしたら、なぜ、胴体だけを自分が事件を起こした場所に遺棄したのだろうか。貴和子への恋愛感情と、教授への復讐心が入り交じっていたと言われればそれまでなのだが、どこか釈然としない。

それに、乱歩に、貴和子の裸の写真を送りつけたのは誰なのか。そして、一体なんのためにそんなことをしたのだろうか。

探偵小説の愛読者だという美貌の教授夫人。古井戸の上に全裸のままで放置された、首のない女の死体。忽然と消えた彼女の生首。送られてきた貴和子の裸の写真。

酩酊《めいてい》した頭のなかで、これまで私が見聞きした事件のことがぐるぐると回っている。

真相はまだ蜃気楼《しんきろう》の先の遠い彼方《かなた》にあるような気がして、一向に見えてこない。

○８○

もしかしたら、本当に自分は今、夢や小説などの虚構のなかにいるのではないか。やはり貴和子という女は現実のものではなく、彼女の存在も猟奇的な死も、全部夢のなかの出来事なのか……。

いや……そんなはずはない。彼女は確かに存在していた。夢や虚構などではない。私はあのとき、鬼塚貴和子という女性を目の当たりにしたではないか。艶のある長い髪。かぐわしき淑女の香り。鼻筋の通った顔立ち。魅惑的な眼差し。あれは決して夢や幻などではなかった……。

いかん。少し飲みすぎたようだ。貴和子という女にとらわれているのは、乱歩ではなく私の方ではないか。ふとそう思った。

運命の日

それにしても、彼といるといつもこのような面妖《めんよう》な体験ばかりする。まさに「うつし世は夢、よるの夢こそまこと」のごとしである。

ここで乱歩との出会いについて、少し書き留めておきたいと思う。

あれは確か大正十四年の春ごろであった。その日私は、神戸にある西田政治《にしだまさじ》の屋敷《やしき》の一室にいた。西田は大地主の息子であり、私に輪をかけた探偵小説のマニアである。彼の亡くなった弟、徳重《とくしげ》と私が同級だったことから知己を得て、同好の士《し》として交流を重ねていた。その西田の家の二階にある、和室にテーブルや長椅子やらを置いた部屋で、私は初めて彼と会ったのだ。

その男は、対面にいる西田に言う。

「では、西田さんも馬場《ばば》孤蝶《こちょう》の講演会にいらしていたんですか」

「ええ……そうです。で、ではあなたも」

「もちろん、駆けつけました。とても感銘を受けましたよ」

男は凝った着物に垢抜《あかぬ》けた雰囲気の好男子である。私は西田の隣に座り、二人の会話に耳を傾けていた。会話のなかにある馬場孤蝶とは、欧米文学に精通した英文学者のことである。探偵小説にも造詣が深く、大正十一年には講演のために神戸を訪れていた。二人はそのときのことを話しているのだ。西田が彼に言う。

「そうや……あのとき孤蝶先生が、犯人や犯行の経緯を先に明かして、探偵が如何に推理するかを書いた小説があると言うてはったでしょう」

「フリーマンの『歌う白骨』のことですね」

「そうです。もしや、あなたが書いた『心理試験』は、あの講演のときに着想されたんやないですか」

「確かにそうかもしれません。あのときの講演は本当に感銘を受けましたから。『心理試験』を倒叙方式にしたのも、孤蝶さんの言葉が心に残っていたからでしょう。でも、よく気がつかれましたね」

西田が、申し訳なさそうに頭を掻きながら言う。

「いや、気づいたのは僕ではありません。横溝君です」

「ほう、あなたが」

そう言うと彼は、魚がぴんと跳ねたような切れ長の目を私に向ける。私はまともに返事もせず、仏頂面をしたまま黙り込んでいた。男は感心したかのように言う。

「ということは、我々三人は、あの講演のときにすでに出会っていたということになりますね」

それが乱歩との出会いだった。

当時、彼は「新青年」に載った処女作の『二銭銅貨』が大層な評判を呼び、『D坂の殺人事件』や『心理試験』などの短篇を次々と発表し話題となっていた。大阪の守口《もりぐち》に住んでいた乱歩は、精力的に探偵小説を書き続ける傍ら、「探偵趣味の会」を発足させようと目論《もくろ》んでいた。そこで、探偵小説愛好家として有名な神戸在住の西田に白羽の矢が立ち、顔を合わせることになったのだ。だが西田は初対面の人間と二人きりで会うのは気恥ずかしいと、私を誘ったという次第である。

〈それにしても〝江戸川乱歩〟とはけったいなペンネームをつけたものやな〉

私は対面にいる男を見て、そう思っていた。探偵小説の始祖として名高いエドガー・アラン・ポーの名前をもじって付けたというが、大胆不敵というか、自信過剰というか、烏滸がましいにもほどがあるのではないか。それに、彼よりも私の方が探偵作家として先輩である。年は彼の方が八つ上だが、「新青年」の懸賞で当選し、作家として世に出たのは私が先だった。

というわけで、そのときは彼に対して、妙な対抗意識を燃やしていたのだ。そのころの私は、人のことを斜めに見る歪んだ性根であった。だから彼のことを睨《にら》みつけるように、三白眼の眼差しでジロジロと見て、突っかかるような物言いをしていたようなのだ。

私の性格がひねくれてしまったのは、家族関係に大きく起因している。

私は神戸の東川崎で生まれたのだが、父と母は正式な夫婦ではなかった。二人は岡山の倉敷《くらしき》にほど近い村の出身で、それぞれ結婚していて子供もいた。そこで二人は道ならぬ関係となって、駆け落ちしてこの神戸に逃げてきたというのだ。

　どうやら、父の家も母が嫁いだ家も相当な旧家で、代々仲が悪くいがみ合っていたようである。なぜ対立する家同士の二人が、恋仲になったのかはよく知らないが、父は妻と息子を、母は夫と二人の子供を置き去りにしてきた。父に捨てられた先妻は、その後便所で首をくくって亡くなったようである。

　幼いころにそのことを聞かされた私は、子供なりに罪の意識に大いに悩まされたものだ。自分が生まれる前に、父と母は多くの人を不幸にしてきた。私は祝福されぬ恋によって生まれてきた子なのである。

　そんな母も、私が五歳のときに脳溢血《のういっけつ》で他界した。その後父は後妻をめとり、三人の子をもうけた。もともと四人兄弟だった私の家に、後妻の子も加わり、さらには岡山にいた父の先妻の子も住むようになった。

　狭い家にひしめき合うように、継母《ままはは》と腹違いの兄弟姉妹に囲まれての生活。日々、互いの腹を探り合う疑心暗鬼《ぎしんあんき》のなかでは、心安まることなどなかった。父は頼りにならず、私の救いは、三つ違いの実兄の五郎《ごろう》だけだった。彼は文学少年で、私に『金色夜叉《こんじきやしゃ》』などの小説を読むように熱心に勧めてくれた。私が文学に傾倒することになったのは、五郎の存在があったからにほかならない。だがそんな五郎も、十九のときに肺病で亡くなった。最愛の兄の死により、私の心はさらに閉ざされた。心の救いは探偵小説だけとなる。

　私が探偵小説に熱中するようになったのは小学生のころである。中学生になると古本屋をめぐって外国雑誌を漁《あさ》るようになった。神戸という土地柄、外国船から払い下げられた雑誌が集まっていたのだ。

　五郎の死後、私は薬学の専門学校を出て、実家で薬剤師として働き始めた。その傍らで、短篇小説を書いて探偵小説専門誌の「新青年」の懸賞に応募する。この短篇が一等に入選し、懸賞金十円を得た。これに味をしめて、短篇を二作ほど投稿し掲載されたのだが、すぐに書くのをやめてしまった。そのころの私は作家になるという大それた気持ちなど毛頭なく、家業を継いで、平凡な薬剤師で生涯を終えるつもりだったのだ。

　そんなときに、乱歩と出会ったのである。

　だが私の心は斯様《かよう》な理由で荒《すさ》んでおり、西田が人見知りということも相まって、会話はあまり弾まなかった。しかし乱歩の『二銭銅貨』の話題となり、意見を求められると、私はこう述べたのだ。

「『二銭銅貨』を最初読んだときは、ある作家が〝江戸川乱歩〟という変名を使って書いたんやないかと思いました」

　乱歩が私を見て言う。

「ほう……ある作家とは」

「宇野浩二《うのこうじ》です」

　すると、それまでは穏やかだった彼の表情が一変する。

　まずい、怒らせたのではないかと思った。宇野浩二は、『蔵の中』『苦の世界』で知られていた私小説作家である。饒舌《じょうぜつ》な話術と軽妙なユーモアが特徴で、探偵小説とは縁もゆかりもない作家であった。

私をじっと見たまま、乱歩が口を開いた。

「ありがとう。宇野浩二が書いたと思うなんて、こんなに嬉しいことはないよ。彼は僕が敬愛する作家の一人なんだ。僕が小説を書き始めたときに、宇野浩二の文体を真似《まね》したほどなんだから」

乱歩の顔に、笑みが広がっていく。好きな作家に間違えられて、彼は嬉しかったのだ。私も宇野浩二を好んで、よく読んでいた。それから宇野の話題で会話が弾み、我々は次第に意気投合していった。

その日以来、私は乱歩という男が気になって仕方なかった。最初の対抗心はどこへやら、すっかり、彼の魅力にハマってしまったようなのだ。もちろん二人とも探偵小説を書き、熱心な愛好家ではあるのだが、それだけではなく、乱歩には何か人を惹きつける引力のようなものがあった。

その後、彼の尽力により、私が探偵作家の道を歩むことができたのは前述のとおりである。

幼いころに母を亡くした私。継母と腹違いの兄弟に囲まれての疑心暗鬼のなかでの生活。敬愛していた兄の五郎も亡くし、心が安らぐのは、探偵小説と接しているときだけだった。

そんなときに颯爽《さっそう》と現れた、涼しい目をした天才と呼ばれる男。彼と接していると、刺々《とげとげ》しく砂漠のように荒涼としていた私の心も、安らぎに満たされていった。今思うと、私は彼のなかに五郎の面影を投影していたのかもしれぬのだ。

鬼塚教授との対話

運転手の肩越しに、目的地の建物が見えてきた。

私はハイヤーの後部座席に乗っている。隣では乱歩が腕を組み、苦虫を噛《か》みつぶしたような顔をしていた。車は立派な石造りの門のなかに入ってゆく。

蔦《つた》の絡まる洋館である。運転手は、玄関の車寄せの前でハイヤーを停車させた。すぐさま車を降りて後部座席のドアを開く。解放感にほっと胸をなで下ろした。

私と乱歩が降車すると、玄関にいた見張りの警察官がこちらをじろりと睨みつけた。乱歩が事情を話そうとすると、中から若い家政婦が現れ、「お待ちしておりました」と我々に頭を下げる。なんとか無事に、館のなかに通された。

鬼塚教授の邸宅である。今朝、教授から乱歩に電話があって、自宅に来るように促されたという。断ってもなんら問題はないのだが、それならそれで、あらぬ疑いをかけられるかもしれぬと思い、申し出を受けることにしたというのだ。私はそのことを乱歩からの電話で知り、同行を願い出た。一度、鬼塚教授とは話してみたいと思っていたからである。

家政婦の案内で長い廊下を歩いて行く。黒光りするほどきれいに磨かれた床。天井に連なっているペンダントライトの光が反射している。鬼塚教授の館は英国式の瀟洒《しょうしゃ》な洋館で、格式高い造りである。彼の家は、小石川一帯に土地を持つ旧家で、この邸宅も大正のころに建てられたものだという。鬼塚の両親は戦争を境に相次いで死亡している。

広い居間に通された。家政婦にここで待つように言われる。大きなシャンデリアが吊された部屋。壁際の石造りの暖炉には薪がくべられ、赤々と燃えていた。乱歩と二人、革張りのソファに並んで腰掛け、教授が来るのを待った。もちろん二人とも口には出さなかったが、そのソファは、写真のなかで、貴和子が裸で寝そべっていたものとは違っている。

しばらく黙ったまま、家政婦に出された紅茶を啜《すす》っていると、

「お待たせして、すみません」

カーディガンを羽織った男が入ってきた。鬼塚教授である。銀縁の眼鏡をかけ、上品な口髭をたくわえている。細身だが上背があり、日本人離れした精悍《せいかん》な顔立ちをしている。年齢は四十八歳だというが、それよりは幾分か若く見えた。立ち上がり、挨拶をすませると、一同が着席する。

「このたびは、奥様があんなことになって、お悔やみ申し上げます」

乱歩が深々と頭を下げる。少し遅れて、私も同じように頭を下げた。

「こちらこそ、お呼び立てして申し訳ない。横溝先生まで、来ていただけるとは恐縮でございます」

「いえ、とんでもない。私の方こそ、勝手に付いてきてしもうて」

すると乱歩が言う。

「しかし、ものものしい厳戒態勢ですな。ご自宅に警察官まで配備されて」

「ええ……。Xの行方が分かっていませんから。彼が第二、第三の犯行に及ぶかもしれません。私は彼からひどく恨まれている身ですので。だから、警察の方にお願いして、万が一のことを考

えて、来てもらったという次第なのです」

「なるほど、そういうことですか」

「全くなんでこんなことになったのか……。夜も落ち着いて眠れません。妻の遺体も、警察からまだ返ってこないので、葬儀をしてやることもできないのです」

「今回の事件でも、鬼塚先生は捜査に協力されているんですか」

「ええ、もちろんです。捜査本部からの要請がありましたので」

　犯罪心理学の研究者として、事件の捜査に協力することもあるという鬼塚。警察から、全幅の信頼を置かれているということなのだろう。

「奥さんが殺された事件の資料を見たり、容疑者の心理分析をするのは、つらいことではないですか」

「お察しのとおりです。本音を言えばそうなのですが、私にできることならなんでも協力したいと思っています。それにXに関してのことは、私が一番よく知っていますので」

　大学教授らしく、理知的で落ち着いた声で鬼塚は話している。乱歩の話や、その名前の印象から、もっと猛々《たけだけ》しい人物かと勝手に想像していたが、随分と違っていた。

「お二人は、妻と面識があると聞いています。そのことについて、少し伺いたいと思いまして」

「わかりました。よくご存じで。奥様からお聞きになったのですね」

　乱歩が訊くと、鬼塚が答える。

「ええ、そうです。お二人に会った日の夜、妻はとても興奮していました。探偵小説界の二人の凄い先生と、直接話をすることができた。今日の日は生涯忘れることはないだろうと。彼女は、私にはあまり探偵小説の話はしないですが、その日は特別でした。だから、よほど嬉しかったのではないかと思います」

乱歩は鬼塚教授に、貴和子と出会った経緯を説明した。それは先日、私に説明したとおりである。彼のもとに、貴和子の裸の写真が送りつけられてきた話を省略したことは言うまでもないが。

一通り話を聞くと、鬼塚が言う。

「妻は、先生方と一体どんな話をしたんです」

「探偵小説の話ですよ。私や横溝君の小説をよく読んでくれていた。我々にとっても、とても愉《たの》しい時間でした」

「そうですか……。江戸川先生と横溝先生は仲がよろしいんですね」

「まあ、腐れ縁という奴《やつ》です。もっとも仲間内では、我々は犬猿の仲ということになっとるらしいですが」

「ほお……そうなんですか？　とてもそんな風には見えませんが」

私がそれに答える。

「まあ、古い付き合いやから、いろいろとあります。少なくとも、私はこの人に感謝しています。実はここだけの話ですが、今こっそり、乱歩さんとのことをまとめた原稿を書いています。まあ、その最中に貴和子さんの事件が起こったので、そのことについても」

乱歩が驚いたように言う。

「あんた、そんなものを書いてるの？」

「ええ、ただ気の向くままにつらつらと。まだ別にどこに出す予定もありませんし」

　すると、鬼塚が改まって言う。

「そうですか。いろいろと教えていただき恐縮です。実は今日、江戸川先生と横溝先生をお招きしたのは、私の考えをお伝えしたいと思ったからなんです」

　彼の表情が厳しいものに変わる。言葉を続けた。

「こんなことをお二人に言うのは、大変恐縮なのですが……私は探偵小説を憎んでいます」

　いよいよ宣戦布告である。落ち着いた声ではあるが、眼鏡の奥にある眼差しは決して穏やかなものではない。

「妻が死んだのは、探偵小説というものが、この世にあるからだと私は思っています」

「というのは？」

　乱歩も、感情を押し殺したような声で言う。

「妻の遺体が無残な姿で見つかったからです。口に出すのも憚《はばか》られるような、それはまるでお二人が書く小説に出てくるような殺され方でした。私は常日頃から、探偵小説の危険性に関しては問題視していました。探偵小説に傾倒するあまり、現実と虚構を混同して、猟奇的な犯罪を起こしてしまったという例が数多くあるからです」

　語り口が熱を帯びてくる。私と乱歩は黙って、鬼塚教授の言葉に耳を傾ける。

「私は妻が熱心に探偵小説を読んでいたことも、快くは思っていませんでした。こんなことになるんなら、もっと声高に訴えておくべきでした。無念でなりません」

　身を乗り出して、乱歩が訊く。

「鬼塚先生はなぜ、奥さんの死の原因が、探偵小説であるとお考えなのですか」

「妻を殺害したＸが、探偵小説を好んでよく読んでいたからです。私は彼の治療にあたっていたので、その辺りの事情はよく知っています。五年前に、彼が自分の家族を惨殺したときも、猟奇的な探偵小説を熱心に読んでいたことが、犯行のきっかけのひとつでした。『Ｄ坂の殺人事件』『陰獣』『孤島の鬼』『本陣殺人事件』『獄門島』……。彼はあなた方の作品も好んで読んでいましたよ。だから、探偵小説というものの存在がなければ、Ｘのような殺人鬼が生まれることはなかった。貴和子の命も奪われずに済んだのです」

鬼塚が、深刻な顔で話を続ける。

「私は犯罪心理学の研究者として、そして、大切な家族を猟奇事件で亡くした遺族の一人として、探偵小説の危険性を訴えて行こうと考えています。二度とＸのような人間を生み出さないためにも」

「そやけど、まだ犯人は逮捕されていません。本当にＸが貴和子さんを殺したのかどうかも」

思わず私は反論する。咎《とが》めるような声で鬼塚が言う。

「では横溝先生は、Ｘが犯人ではないというのですか」

「いや、それはまだ分かりませんが。あくまでも可能性を申したまでで……」

私は黙り込んだ。すると、代わりに乱歩が口を開いた。

「探偵小説の危険性を訴えるとは、具体的にどういうことでしょうか？」

「いずれは論文を書こうと思っています。だが、それにはまだ時間がかかるので、新聞や雑誌などの取材を受けて、私の意見を発表していくつもりです」

「なるほど。それで、なぜ我々にその話を……」

「別に、断りなど入れる必要はなかったのかもしれませんが、一度、探偵小説の第一人者である先生方にも、きちんとお話ししておくべきではないかと思いまして。貴和子ともお会いになったということでしたから」

「なるほど……それはわざわざ、ありがとうございます」

「ゆくゆくは政府に働きかけて、そういった危険な小説を規制する法律を整備させる運動も起こしていこうと考えています。もちろん、戦後の日本は言論の自由は守られていますから、簡単ではないことは承知しています。でも、このまま野放しにしておくわけにもまいりません。今私が立ち上がらなければ、第二、第三の被害者が出るかもしれませんので」

　それを聞いて、私は閉口する。戦前の、探偵小説が規制されたときのことを思い出した。私にとっては悪夢のような日々であった。乱歩も同じ思いだろう。もうあんな経験は二度としたくないはずである。

　すると、乱歩が口を開いた。

「なるほど、それは私も賛成です。探偵小説など、この世からなくなってしまえばいい」

　その言葉に耳を疑った。

　彼は何を言っているのか。教授も目を丸くしている。

「ほう……意外ですね。江戸川先生もそのようにお考えですか」

「ええ、そうです。私は人生の大半を、探偵小説に心血を注いで過ごしてきました。面白い探偵小説を書きたい。読者を驚かせ、あっと言わせる作品を書きたい。毎日毎日、来る日も来る日も探偵小説のことだけを考え、これまでやってきたんです」

　鬼塚はじっと、乱歩の言葉に耳を傾けている。

「でも、そんな容易《たやす》くアイデアなど出てくるものではございません。小説が書けないときは、葛藤に葛藤を繰り返し、激しい自己嫌悪に苛まれます。なんて自分は駄目なんだ。無能なんだと落ち込む日々。今もそうなんです。書きたいが書けない。誰も見たことのないトリックを、先が読めない驚天動地《きょうてんどうち》のストオリーを、震え上がって眠れなくなるような物語の結末を……。こんなにも私は探偵小説を愛しているのに、命を削るように探偵小説に取り組んでいるのに、なぜ自分は書けないのか……。だったら、いっそのこと、探偵小説などなくなってしまえばいい。探偵小説などなければ、私はこの苦しみから解放される。そう思った次第でございます」

　一気にそこまで述べると、乱歩はティーカップを手に取った。喉を潤すとまた話し始める。

「ただし、私の方はそれでいいのですが、こちらの横溝君は困ってしまうかもしれませんな。彼も探偵小説一筋の男ゆえ、ほかのことなど何ひとつできないという有様《ありさま》でして。探偵小説を書くことを禁じられたら、飯の種はなくなり、一家は路頭に迷うしかない。ねえ、横溝君」

　思わず私は反論する。

「いや、そんなことは……。私だって、探偵小説以外の稼ぎ口がないわけやない。こう見えて、あんたよりは器用ですから。探偵小説以外でも、捕物帖《とりものちょう》だって、恋愛ものだって書いたりしています……」

「なるほど。確かにそうだな。ということは、我々は探偵小説がなくなっても、あまり困らないということになるね」

私はため息をついた。そしてこう述べる。

「そやけど、探偵小説はそんな悪いものなんやろか。鬼塚先生、私は、探偵小説はこの社会に必要なものやと思っているんです」

「社会に必要なもの？　ほう、それは興味深い。横溝先生のご意見をお聞かせ願いたい」

「これは私の感覚やけど、探偵小説の読者は、いたって普通の人というか、どちらかというと、社会的に地位の高い人や、教養のある上品な方が多いように思うんです。変人や狂人、ましてや犯罪者などはごく少数やないかと。そういった意味では、日本風の私小説や純文学の方が、社会に背を向けた後ろ暗い読者が多いんやないでしょうか。

その証拠に、本格探偵小説と呼ばれるものの舞台となるのは資産家の大豪邸や別荘のような場所で、登場人物もブルジョワジーであることがほとんどです。貧乏長屋の本格探偵小説などあまり聞いたことがありません。まあ、書いてみると面白そうやけど、きっと読者の受けは悪い。それは、探偵小説を好んで読まれる方の多くが、学歴のある知識階級であることを意味しているからです」

鬼塚は、納得のいかぬような顔で私の話を聞いている。すると乱歩が言う。

「それは、探偵小説が十九世紀のイギリスで発達したことに起因しているのです。探偵小説は上流階級の間で、知的な文学として発展しました。それは、同じころに誕生したスポーツの成り立ちとよく似ています。スポーツと探偵小説。全く違うように思われるかもしれませんが、実はこの二つには多くの共通点があるのです」

鬼塚の彫りの深い顔が、さらに険しくなった。

「スポーツと探偵小説に共通点がある？　どういうことですか」

「スポーツは運動能力を競うもの、探偵小説は知恵比べと、全く違うもののように思われますが、どちらもゲーム性があり競技的要素が強いという点が共通しています。ご存じのように、スポーツは運動能力だけではなく、知恵を駆使することも勝敗を左右する大きな要素なので、その点も探偵小説と同じです。それと、ゲームである以上、ルールがなければならない。スポーツと同じく、探偵小説もルールという約束事に縛られている。探偵小説は、『ルールブックの文学』と称されるほど特殊な文学ジャンルなのです。

さらにスポーツと探偵小説は〝フェアプレイ〟の精神に則《のっと》り行われるという点もよく似ています。ルールを逸脱すると、ゲームが弛緩《しかん》と混乱を繰り返し、全く楽しくありません。ルールの範《はん》疇《ちゅう》で、相手を欺き、裏をかいたりする方が、面白みも増し、興奮が高まるというものです。ルールというのは、いわばゲームの『面白さの保証』というわけで、その点もスポーツと探偵小説は同じなのです。また多くの嗜好《しこう》を持つ同好の士が集まり、それを熱狂的に支持するという点でも、この二つはよく似ています」

鬼塚が口を開いた。

「なるほど。ではお二人は、探偵小説とは、決して不健全で不道徳なものではなく、スポーツとよく似た、フェアプレイの精神に則った知的なゲームであるとおっしゃるのですね。その点はよく分かりました。ただし、それで私が納得したということではありません。いくら探偵小説が、有識者の好む知的なゲームといえど、今回の事件のように、悲惨な事件を引き起こすきっかけとなったことには、なんら変わりはありませんからね。それに、スポーツはまだしも、探偵小説に多くの人が熱狂するということが、全く理解しがたいのです」

　私がその質問に答える。

「探偵小説に人々が熱狂するんは、それが知的なゲームであり、勧善懲悪の戦いでもあるからです。犯人が暴かれ、断罪されることにカタルシスを覚えます。正義が悪を滅ぼすという健全な概念が探偵小説の本質なんです。それと私たちには、『なぜ人が犯罪を犯すのか？』という疑問を本能的に知りたいという性質があります。

　もちろん読者のほとんどは善良な市民で、犯罪や殺人とは縁遠い人々なのでしょう。でもその一方で、私たちが暮らすこの社会では、毎日のように殺人事件が起きているのも明らかな事実です。だからこそ、人を殺す人間の心理を知りたいという欲求があるんやないかと思うんです。鬼塚先生にこんなことを言うんは、釈迦《しゃか》に説法《せっぽう》かもしれませんが、近代社会と犯罪の関係は、切っても切れないもんなんです。探偵小説に登場する殺人鬼に、読者が強い興味を抱くのは、事故や災害と同じ、自分自身や家族の身を守るために、教訓として知っておきたいという感情があるからやないかと思います。それともうひとつ、人々が探偵小説に熱狂する理由があります。もっと人間の本質に迫った、深い理由があるんです」

「ほう、その理由とはなんでしょうか」

「先ほど、鬼塚さんは、探偵小説の存在が、悲惨な事件を起こす原因になっているのではないかとおっしゃったでしょう。私はその逆やないかと思っています」

私の言葉に、鬼塚は怪訝《けげん》な顔をする。

「逆とは？」

「人間というのは、恐ろしい生きものです。時として人は、目的のためには手段を選ばず、非人間的な残虐な行動を起こすことがあります。探偵小説とは、現実社会における、そういった人間の本質を描き出したものにすぎません。

探偵小説は、この社会の写し絵です。恐ろしい殺人鬼の話や、猟奇的な物語に、多くの人々が熱狂するのは、勧善懲悪のカタルシスがあるのはもちろんのことなのですが、それと同時に、誰の心のなかにも、殺人鬼と同じような邪悪な衝動があるからやと思うんです。だから、人々は自分のなかにある恐ろしい本能に気づかされ、恐れ戦《おのの》いてしまうんでしょう。目を背けてしまいたいけど、それに抗うことができず、残虐な物語に魅せられてしまう。探偵小説には、そういった人間の、心の奥底に潜む恐るべき本能を、物語のなかでカタルシスという形で昇華させ、抑圧する役割があるんです。

だから、鬼塚さんのお考えとは全く逆で、探偵小説を規制すると、何が起こるか分からないと私は思っています。禁じられたことによって抑制されていた本能が暴発して、猟奇殺人が多発するやもしれません」

すると乱歩が言った。

「私もそう思う。人間は愛を尊び、仲間との調和を重んじる生きものであるが、時として、恐ろしく凶暴で残忍になることがある。そこから決して、目を背けてはならない」

Xについてのこと

鬼塚教授との対話は、平行線を辿るばかりであった。

彼は妻を失った猟奇事件の遺族であり、我々は探偵小説で生計を立てている作家である。両者の意見がまとまることなどなかった。

乱歩が、話題を変える。

「いい機会なので、お訊きしてもよろしいでしょうか。逃亡しているXとはどんな人物なのか。教えてもらえませんか」

「どうしてそんなことを知りたいのですか。捜査は警察がしております。外部の方に探偵まがいのことをされても困るのですが」

「いや、我々にも知る権利があるのではないですか。あなたが言うとおり、Xが残虐な殺人鬼と成り果てた原因が探偵小説だとしたら、我々にも責任があります。今後の作家活動を考慮する上でも、ぜひ知っておきたいのです」

乱歩が食い下がると、鬼塚は黙り込んだ。しばらく考えると、口を開いた。

「わかりました。いいでしょう。別に隠し立てすることではありませんし。せっかくお越しいただいたので、私に分かることであれば、お話ししてもいいでしょう。でも、この話はくれぐれも、ご内密にお願いしますよ」

「分かりました。ありがとうございます。それではまず、Xはどんな人物だったのでしょうか」

「いたって普通の青年でしたよ。一家四人を殺害した人間なので、凶悪で粗暴な男をイメージされているかもしれませんが、Ｘはその想像とは全く違っていました。非常に整った顔立ちで、周囲からは幼い頃から美少年と呼ばれていたようです。彼のことを、〝類《たぐ》い希《まれ》なる美少年である〟というものもいるほどです」

「類い希なる美少年……」

　乱歩がその言葉に反応する。彼が黙り込んでしまったので、代わりに私が訊く。

「なんでＸは、そんな恐ろしい犯行を起こしたんでしょう。彼は自分の両親や兄と妹、あわせて家族四人を皆殺しにしたということですね」

「ええ、そうです。父親の小池正蔵は近くの小学校に勤務する教師でした。家族仲もよく、まさかあんなことが起こるとは、誰も想像していなかったといいます。でも、次男のＸが高校に入ったころに、異変が始まりました。彼はもともと夢見がちな少年だったのですが、成長するに従い、その妄想癖がさらにひどくなっていったんです。時として意味不明な言動を繰り返し、周囲を困惑させるのです。例えば、自分は時間旅行ができるとか、時空を自由に操ることができるとか。それで家族も困り果てて」

「事件当時、彼は同居していなかったということですが」

「ええ、そうです、父親の正蔵が、別に部屋を借りて家から追い出したんです。きっかけはひとつ下の妹、美鈴との関係でした。幼いころから二人は仲がよかったんですが、やがて兄妹の関係を越えて姦通《かんつう》しているのではないかという噂が立つようになって」

「近親相姦《そうかん》ということですね。実際のところはどうだったんですか」

「そういった関係ではなかったと思います。彼はとても家族思いの優しい性格で、妹のことを誰よりも大切にしていました。だから、それを邪推《じゃすい》して、通じ合っているのではないかと噂するものがいたのでしょう。でも父親の正蔵が世間体を気にして、高校卒業を機にＸを別居させたというわけなんです。

美鈴のことを気にしていた彼は、度々彼女のもとに現れるようになりました。父親が注意すると、今度は隠れて会うようになり、それで、ある日兄の史朗が彼を強く叱責したんです。それは罵倒ともとれる激しい言葉でした。

もともと、Ｘは史朗のことを慕っていました。だから兄に罵られたことで、さらに彼の精神状態は追いつめられていったのだと思います。その後は美鈴も彼を避けるようになり、決して会おうとはしなくなった」

鬼塚が話を続ける。

「Ｘは深く傷つき、錯乱状態に陥りました。家族に捨てられ、敬愛していた兄にも罵られ、最愛の妹にも裏切られた。家族に拒絶されて、自分は彼らとは他人であると思い込むようになった。妄想と現実の境界線が分からなくなり、彼の精神は崩壊する。そして突如Ｘの内面から、凶暴な別人格が現れたんです」

「別人格？　二重人格ということですか」

乱歩が口を開いた。小さく頷くと、鬼塚が言う。

「そういうことです。普段、彼は大人しくて思慮深く、虫も殺さぬような優しい青年なのです。彼の心は純粋で、清らかな川を流れる水のように澄み切っていました。しかし、ひとたび心の箍《たが》が外れると、残酷で邪悪な存在が肉体を支配するのです。そして彼は、自分がかつて暮らしていた家に押し入り、家族を皆殺しにしたというわけなんです」

「ほんなら、犯行はXのなかに存在する、別人格が起こしたというわけですね」

「そういうことです。犯行後にもとの人格に戻ったときも、自分が残虐な事件を起こしたことは記憶にありませんでした。彼の心はとても繊細で硝子《がらす》細工のように脆《もろ》くて壊れやすかった。だから我々も慎重に、彼の内面に入り込み、心の奥底に潜む邪悪な闇を取り除くように治療を試みたんです。そういえば、よくこんなことを言っていましたよ。夢のような不思議なことがこの世にはあるものだと」

「夢のような不思議なこと……」

　思わず、口のなかでその言葉を反芻《はんすう》する。どこかで聞いたことのある言葉だ。私は考え込んだ。

　乱歩が彼に訊く。

「Xはどうして、こんなにもあなたのことを憎んでいるのでしょうか。治療中に何かあったんですか」

「私にも分からないのです。私とXの関係は良好だった。少なくとも私はそう思っていました。自分は誠心誠意、治療に取り組んできた。私の仕事は、彼を断罪することではない。もしXが残忍な凶行に及ぶことになった原因が、心の病であるとしたなら、一刻も早く、それを治癒させ、社会復帰を遂げさせてあげたいと懸命に努力していたのです。そのときはそう思っていました。でも、まさかこんなことになるなんて……」

深刻な顔で、鬼塚は話し続ける。

「だから、恨まれる筋合いはないのですが、ひとつあるとしたら、私がXの邪悪な人格を、治療によって抹消しようとしたからではないでしょうか。彼は普段とても穏やかで優しい性格でした。とても両親や兄妹を殺した男とは思えなかった。Xの記憶のなかには、家族を皆殺しにした事実は一切残されていなかったのです。私が邪悪な人格を呼び覚まそうとすると、彼はもがき苦しんだ。自分のなかにある、二つの人格が拮抗《きっこう》して、耐えられなくなっていた。邪悪な存在が、本来のXの人格である善良な存在を乗っ取り、彼の肉体を支配したのかもしれません」

乱歩が言う。

「ということは、あなたに復讐心を抱いているのは、本来のXの人格ではなく、家族四人を皆殺しにした、邪悪な人格であるということでしょうか。その人格は、あなたに存在を抹消されそうになったことに怒り、憎んでいると……」

「それは分かりません。治療の途中で、彼は病院から姿を消したので。でも、彼から私が憎まれているとしたら、それ以外には考えられないんです。いずれにせよ、問題は平気で人を殺《あや》めることができる反社会的な人格が、彼のなかに形成されたことだと思っています。その原因に、猟奇的な犯罪が描かれた探偵小説の存在があった事実は否めません。先ほどもお伝えしたとおり、私は二度とこのようなことが起きないように、探偵小説の危険性を社会に訴えていかなければならないと考えています」

鬼塚が口を閉ざした。乱歩もなにやら考え込んでいる。静寂に包まれた室内。ぱちぱちと暖炉の薪が爆《は》ぜる音だけが聞こえてくる。

郵便はがき

料金受取人払郵便

小石川局承認

1141

差出有効期間
2025年12月
31日まで

112-8731

〈受取人〉
東京都文京区
音羽二-一二-二一

講談社
文芸第二出版部 行

書名をお書きください。〔　　　〕

この本の感想、著者へのメッセージをご自由にご記入ください。

〔　　　〕

おすまいの都道府県　　　　性別　男　女

年齢　10代　20代　30代　40代　50代　60代　70代　80代〜

頂戴したご意見・ご感想を、小社ホームページ・新聞宣伝・書籍帯・販促物などに使用させていただいてもよろしいでしょうか。　はい（承諾します）　いいえ（承諾しません）

TY 000044-2311

ご購読ありがとうございます。
今後の出版企画の参考にさせていただくため、
アンケートへのご協力のほど、よろしくお願いいたします。

■ **Q1** この本をどこでお知りになりましたか。

1 書店で本をみて
2 新聞、雑誌、フリーペーパー 〔誌名・紙名 〕
3 テレビ、ラジオ 〔番組名 〕
4 ネット書店 〔書店名 〕
5 Webサイト 〔サイト名 〕
6 携帯サイト 〔サイト名 〕
7 メールマガジン　8 人にすすめられて　9 講談社のサイト
10 その他 〔 〕

■ **Q2** 購入された動機を教えてください。〔複数可〕

1 著者が好き　2 気になるタイトル　3 装丁が好き
4 気になるテーマ　5 読んで面白そうだった　6 話題になっていた
7 好きなジャンルだから
8 その他 〔 〕

■ **Q3** 好きな作家を教えてください。〔複数可〕

〔 〕

■ **Q4** 今後どんなテーマの小説を読んでみたいですか。

〔 〕

住所

氏名　電話番号

ご記入いただいた個人情報は、この企画の目的以外には使用いたしません。

私が口を開いた。

「そしたら、もうひとつお訊きしてよろしいですか。奥さんとＸは面識があったんでしょうか」

「いいえ、それはないと思いますよ。私が貴和子と知り合い結婚したのは、確か彼が病院を脱走した後でしたから、面識はないはずです。少なくとも、私の知る限りでは。どうして、そんなことを訊くんですか」

「いや、さっきおっしゃったでしょう。Ｘは、『夢のような不思議なことがこの世にはあるものだ』とよく言っていたって。実は奥様とお会いしたときに、我々にこのような質問をされたんです。『この世には条理では割り切れない、夢のような不思議なことがあるのか』と。そやから、気になって」

「そうですか。貴和子がそんなことを……」

鬼塚は考え込んだ。

「先ほども言ったように、二人の間に面識があったとは思えません。妻は突然、見ず知らずの男に殺されたんです。私に対する復讐のために、Ｘは妻を生《い》け贄《にえ》として殺害した。そしてあんな無残な姿に……。妻が不憫でなりません」

「首のない死体」考

毘沙門天《びしゃもんてん》の赤い鳥居が見えてきた。

昼時を過ぎた時刻ゆえ、往来する人の数は多くはない。乱歩と神楽坂の通りを往く。

鬼塚教授との面会の時間は終わりを告げた。彼の邸宅を出て、ハイヤーに乗って帰っていると、突然乱歩が車を止めるように運転手に言った。丁度車は神楽坂の辺りを走っていた。ハイヤーを下りて、少し歩こうというのだ。

石畳が続く道に、戦前からある割烹《かっぽう》やうなぎ屋など、昔ながらの風情のある店が建ち並んでいる。こうして乱歩と、神楽坂の街を歩くのは久しぶりだ。「新青年」の編集者だったころのことを思い出す。あれからもう、三十年近く経った。戦争を境に東京の町は大きく変貌を遂げたが、この町はあまり変わっていない。

だが昔話に花を咲かそうという雰囲気では到底なかった。教授の家を出てから彼は、ほとんど言葉を発していない。ずっと腕を組み、しかめ面でなにやら考えている。しばらく歩いていると、ボソボソとした声で言う。

「しかし、まずいことになったな」

神妙な面持ちで、言葉を続ける。

「鬼塚教授は精神医学界では有名な人物だ。彼が探偵小説は有害な文書だとして問題視すれば、政府が動く可能性がある。このままでは、本当に探偵小説が書けなくなってしまうかもしれないぞ」

「まさか。戦争は終わったやないですか。日本には表現の自由があるし」

「そのまさかが起こったじゃないか。戦争が起こる前も、あんなことになるとは誰も思っていなかっただろ」

乱歩の言うとおりである。あのときも、「まさか」探偵小説が書けなくなるとは、夢にも思ってはいなかった。

昭和十二年、日中戦争の勃発により、言論と出版に対する統制が強められた。検閲が強化され、当局の意向に沿わないと判断された出版物は、削除、改訂、発売禁止の処分を受ける。探偵小説も公序良俗を乱す敵性の文学として規制の対象となった。

昭和十四年には、乱歩の『芋虫』（※発表時の題名は『悪夢』）が、全編削除を命じられる。それを受けて、出版社は探偵小説を自主規制し、乱歩の著作がすべて絶版となった。あれだけ売れていた乱歩の作品が、本屋から一斉に姿を消したのだ。

私の小説も『鬼火』が検閲の憂き目に遭った。雑誌に掲載されるとき、作中の耽美的描写が好ましくないと指摘を受けたのだ。よって該当箇所がページごと切り取られるという、無残な形での発売に相成った。『鬼火』は上諏訪で療養中に、血のにじむ思いで書いた小説なのだ。それを見たときは、悔しくてやり切れなかった。探偵小説が禁じられると、それからは仕方なく捕物帖や恋愛ものを書いて糊口《ここう》を凌《しの》いだ。戦争が終わって、やっと探偵小説が書けるようになったのだ。もうあんな思いは二度としたくなかった。

歩きながら、私は乱歩に言う。

「でもまだXが犯人と決まったわけやない。事件の真相が分かれば、探偵小説にかけられた疑いも晴れるんと違いますか」

「では、Xが犯人ではないとしたら、誰が貴和子を殺したというんだ」

「それは分かりません。でも探偵小説には、『首のない死体』のトリックがあるやないですか。その公式に当てはめれば、Xは犯人ではないということになる」

歩きながら、私なりの推理を乱歩に話した。

探偵小説の場合、「首のない死体」と分類される作品がある。「密室もの」や「一人二役」と並び、探偵小説の題材として多くの作品でこのトリックが扱われている。

しかし、この三つの題材を比較すると、そこには大きな差異があることに気がつく。「密室もの」と「首のない死体」は、それ自体が、物語のはじめに読者に与えられる課題である。小説のなかで事件が起こると、すぐに読者は、これは「密室もの」であるとか「首のない死体」であると分かり、その謎を解こうとして、先を読み進める。だが「一人二役」の場合はそうではない。最初にそれがバレてしまうと、作者としては敗北である。「一人二役」は、あくまでも最後まで伏せておくべき題材なのだ。

さらに「密室もの」と「首のない死体」も、読者に最初に提示される謎であるという点は同じだが、その解き方は大きく違っている。「密室もの」の探偵小説は数あれど、そこに仕掛けられたトリックは千差万別《せんさばんべつ》だ。作者はそれぞれ、独自の密室トリックを考案し、あの手この手で読者を驚かせようとする。

ところが「首のない死体」はそうではない。物語に、頭部が切断された遺体や、顔面が滅茶苦《めちゃく》茶《ちゃ》に切り刻まれていたり、焼けただれて誰か判別できない遺体が出てきたら、そのトリックは、十中八九「被害者と加害者が入れ替わっている」と考えて間違いない。被害者と思われていた人物が実は犯人であり、犯人と疑われていた人物が被害者なのだ。犯人は、自分が死んだと周囲に思わせているので、偽装を見破られない限りは、永遠に捕まることはないというわけである。

もちろん、すべての「首のない死体」を題材にした小説がそうというわけではないが、私の知る限りは、ほとんどの作品がこの結末を迎えているのではないかと思う。よってこのテーマは、目ざとい読者からは、すぐにトリックを見破られてしまうという欠点があるのだ。作者にとっては、非常に不利な題材であるといえよう。しかし、多くの探偵作家は、なぜか「首のない死体」に取り組んでみたいという誘惑にかられてしまう。私もその例外ではなく、いくつか「首のない死体」を題材とした小説に挑んでいる。看破されやすい題材ではあるのだが、そこに、読者をあっと言わせる結末を思いつけば、驚きも倍増だからである。

「それじゃ君は、この事件でも被害者と加害者が入れ替わっているというのかね。いくらなんでも、それはおかしい。この事件の場合、犯人と目されているのはＸという男で、殺害されたのは貴和子だ。探偵小説における『首のない死体』のトリックどおりだとすると、殺されたのがＸで、犯人が貴和子ということになる。首が切り取られた遺体は女性だった。Ｘではありえない」

　乱歩が真っ向から反論する。私も彼に言い返した。

「それは分かっとります。私が注目しているのは、貴和子の身の回りの世話をしていた風間絹代の行方も分からなくなっているということです。殺されて、首を切り落とされたのが風間絹代であると考えたらどうやろか。絹代は女性です。貴和子と背格好もよく似ていた。犯人は貴和子で、自分が殺されたと周囲に思わせるために絹代を殺害して、首を切り落とした。そして、Ｘに罪を着せるために、五年前の事件の現場である巣鴨の荒ら家に放置した。そう考えると、いろいろと辻褄が合います。貴和子は探偵小説の愛読者やった。『首のない死体』のトリックを、現実の事件に応用したというわけです」

残念ながら、その推理は間違っている——

原稿を手にしたまま、和真は心のなかでそう呟《つぶや》いた。

ミステリ界の巨人とも言える横溝正史ではあるが、これは的を射ていない推理であると言わざるを得ない。

原稿のなかで正史は、殺されたのは風間絹代で、犯人は貴和子だと推測している。だがそれは違うのだ。なぜなら自分は、殺害されたのが「鬼塚貴和子」であると断言できるからである。

そのことは、今ここにあるバッグのなかに隠された生首が証明している。

生首の女の顔は、鬼塚貴和子そのものだからだ。

原稿用紙の間に挟んであった写真の貴和子の顔と、生首の女の顔は全く同じなのである。

だから、殺されたのは貴和子であり、彼女が犯人であることはありえない。

鬼塚貴和子は加害者などではなく、間違いなく被害者なのである。今まさに自分が所持している、バッグのなかにある、血の気の失せた貴和子の青白い頭部が、その事実を証している。

貴和子が殺害されたのは、紛れもない事実である。

問題は、なぜはるか昔に殺害されたはずの女性の生首が、自分の手元にあるかということなのだ。

果たして、その答えはこの原稿のなかにあるのか。

和真は先を読み進める。


すると、乱歩は矢庭に立ち止まり、私をじっと見た。

「なるほど、それは一理ある……。だが、今の推理は探偵小説と考えれば、二級品だな。そんな推理を得意げに披露していては、横溝正史の名が廃《すた》るのではないか」

　彼が挑むように言う。

「ほう……それはなぜです」

「探偵小説における『首のない死体』は、被害者と加害者が入れ替わっているという点がミステリとして美しく、トリックの真骨頂である。そこに性別の違うＸを加え、犯人と錯誤させるというのは、このトリックの美しさを濁らせることになるのではないか。決して、鮮やかなトリックとは言いがたいと思うが」

「でも乱歩さん、これは探偵小説やない。現実に起こった事件なんやから。この前あんた、私にそう言ったやろ」

「そのとおりだ。現実の事件であることを踏まえて言うと、君の推理はさらに腑に落ちない点がある。そもそも、貴和子が犯人であるとしたら、一体なぜ彼女はそんな手の込んだことをするんだ。貴和子は曲がりなりにも、Ｋ大教授という立場にある人物の夫人である。如何なる理由があって、従者である風間絹代を殺害し、自分が『死亡した』と思わせる必要があるというのかね」

その言葉を聞いて、私は口籠もった。確かに乱歩の言うとおりである。貴和子が犯人だとすると、彼女の動機が分からない。自分が被害者であると偽装し、行方をくらました理由も。

「それに、もしそうだとしたら、あの写真はどう考える。私に送られてきた貴和子の裸の写真だよ。あの写真は、一体誰がなんのために送ってきたのか」

乱歩の指摘に返す言葉はなかった。確かに、今の疑問に答えなければ、私の推理はなんの根拠もないただの妄言にすぎない。悔しいことではあるが、不完全な推理であることを、認めざるを得ないのだろう。

わずかに視線を逸らすと、彼はあの嗄《しわが》れた声で言う。

「私はね、今戦慄を覚えているのだよ。この事件の深淵《しんえん》は、我々が想像しているものよりももっと複雑で、おぞましいものかもしれないと……。横溝君、私は今日鬼塚に会って、そのことを確信したんだ」

そして乱歩は、踵《きびす》を返《かえ》して歩き出したのである。

美少年

ハイヤーで送ってもらい自宅に戻ってきた。

離れの書斎で一人、事件のことについて考えている。

乱歩に言われ、私が見立てた推理は不十分であることを悟る。やはり、現実の事件に、探偵小説の公式を当てはめようとしたことに、無理があったのかもしれない。事実、名古屋の首なし遺体事件では、被害者と加害者が入れ替わったというわけではなかった。現実の事件と探偵小説の違いを痛感する。私の推理が間違っているとしたら、犯人は貴和子ではなく、逃亡しているXということなのだろうか。

改めて、今回の事件について考えてみる。今日、鬼塚教授から聞いたXについての情報をまとめると、次のようになる。

・非常に整った顔立ちで、幼い頃は「類い希なる美少年」と呼ばれていた。
・性格は純粋で、心は硝子細工のように壊れやすい。
・夢見がちな性格で、妄想癖がある。
・時には意味不明な言動をして、周囲を困惑させる。
・妹の美鈴と姦通しているのではないかという噂があった。
・高校卒業を機に家族と別居する。
・その後、美鈴と隠れて会っているところを兄の史朗に知られ、激しく罵倒される。
・美鈴も彼を避けるようになった。
・家族から拒絶されて、両親と兄や妹を他人と思い込むようになった。
・妄想と現実の境目が分からなくなり錯乱、精神が崩壊した。
・凶悪な別人格が現れ、家族を襲撃、四人を惨殺した。

こうしてまとめてみると、Xが家族全員を殺害したのには凄絶な背景があったことが分かる。

鬼塚教授は、殺人事件を起こしたのは、Ｘの内面に存在していた残酷で邪悪な別人格だったと語っていた。彼は普段は思慮深い、品行方正で優しい青年だったというのだ。これまで得た情報から、Ｘが起こした事件について推測してみることにした。

傷つきやすく、硝子細工のように繊細な心を持っていたというＸ。家族と別居させられ、尊敬していた兄に罵倒された。最愛の妹からも避けられ、精神的に追いつめられる。やがて彼は、家族を他人だと思い込むようになった。それまで彼のなかに潜んでいた邪悪な人格がＸの身体を支配する。

彼は凶器の斧を携え、暗闇に閉ざされた道をひた走った。邪悪な存在に支配されたその顔は、月明かりに照らされ、氷のように美しかったのであろう。その後、実家に忍び込んだ彼は、どの順番で家族を殺害したのだろうか。もっとも憎らしい者は最後に残したに違いない。家族一人一人が殺される過程を、その者に目の当たりにさせたはずである。父が先か、母が先か、兄が先か、妹が先か……。

命乞いをする家族たち。次々と家族の頭を斧で叩《たた》き割《わ》るＸ。血しぶきにまみれる屋内。部屋中に充満する鉛のような血の臭い。斧を振り下ろすたびに、悪魔に憑依《ひょうい》された美貌の青年の顔も、鮮血に染まっていく……。

そして彼は捕らえられた。精神鑑定を受けた結果、鬼塚教授のもとで治療を受けることとなる。彼の心のなかで、本来の人格である善良な存在と、人殺しも厭《いと》わない邪悪な存在が拮抗する。葛藤を繰り返し、もがき苦しみ続けたＸ。邪悪な人格を抹消すべく、懸命に治療を行う鬼塚。だが、邪悪な人格が打ち勝ったのか、彼は病院を脱走する。自らの存在を消し去ろうとした、鬼塚に復讐を誓って。

Xが貴和子を殺害したことが事実であるとすれば、鬼塚の言うとおり、彼女は生け贄にされたということになる。脅迫状にも記されていた「死よりももっと凄まじい制裁」が下されたのだ。貴和子がXと面識がなく、彼と無関係だったとしたら、彼女は本当に不憫な被害者である。見ず知らずの男に命を奪われ、首を切り落とされ、裸のまま放置されたのだから。

Xが、貴和子の遺体を荒ら家に遺棄したのは、自らの犯行であることを表明するためと推察することができる。その家は、五年前に彼が殺戮《さつりく》を繰り広げた場所であったからだ。「死よりももっと凄まじい制裁」のための生け贄を捧《ささ》げるには、格好の舞台といえよう。

ただひとつ理解できないのは、彼が遺体の頭部を切断して、胴体だけを放置したという点である。Xの目的は、鬼塚を苦しめることだ。そのためならば、どうして首を切断したのだろうか。それでは遺体の主が誰なのか、すぐには分からないはずである。Xが彼女を殺害した理由は、鬼塚の妻の貴和子だからなのではないのか。

ただ殺すだけでは、物足りないと思ったのかもしれぬ。残酷であれば残酷なほど、鬼塚を苦しめることができる。だが、そうだとしたら、首だけを持ち帰ったのが腑に落ちない。胴体の傍《そば》にでも転がしていた方が、より猟奇性が高まるはずなのだ。鬼塚の心に深い傷を与えることが目的ならば、その方がよほど効果的なのではないかと思う。

Xが貴和子の首を持ち去った理由……。もしかしたら、やはりXと貴和子は面識があったのではないか。二人は、人には言えぬような関係であり、Xは貴和子に特別な感情を抱いていた。だから、彼女を殺害して、首だけを持ち去ったのだ。前述した、名古屋の首なし遺体事件と同じような理由である。情痴の果てにたどりついた行為というわけなのだ。

もちろんなんの証拠もない。だが気になるのは、先ほど鬼塚から聞いた話である。Ｘと貴和子は同じような意味合いの言葉を発言している。

〈この世には夢のような不思議なことがあるのか〉

とても偶然とは思えなかった。やはり二人は関係があったのではないか。Ｘと貴和子は、鬼塚が知らない所で、密かに通じ合っていたのである。

そのことを踏まえ、貴和子が殺害された状況を推察してみた。

邪悪な人格に支配され、病院を脱走したＸ。彼は鬼塚に脅迫状を送りつけ、「貴殿の死を以て、その恨み晴らさんとす」と殺害の機会をうかがっていた。だが、やがてその心境に変化が生まれる。ただ殺すだけでは物足りない。彼のもっとも大切にしているものを奪い、恥辱《ちじょく》に晒《さら》せば、「死よりももっと凄まじい制裁」を与えられるのではないか。みじめに命乞いをする者の前で、家族一人一人の頭を斧で叩き割ったときのように。

素知らぬ顔で彼は貴和子に近づいた。彼女はＸの素性を知らない。貴和子を誘惑し、やがて二人は親密な関係となる。人妻でありながら、Ｘに身を任せるようになった貴和子。彼は美貌の青年である。そして表面的にはとても穏やかで優しい。探偵小説を読んでいて、共通の趣味もあった。彼女を籠絡《ろうらく》することは造作もないことであったに違いない。貴和子は禁断の恋に溺れていく。

だが彼女は気がついていなかった。彼は、家族四人を殺害した殺人鬼であり、その心の内には、悪魔よりも恐ろしい邪悪な存在が潜んでいることを……。彼の目的は、復讐相手の妻の身も心も奪い、最後にはもっとも無残なやり方で、死に至らしめることである。

しかし、その過程で予期せぬ出来事が起こってしまった。Xが本気で貴和子を愛するようになったのだ。あろうことか、復讐のための生け贄にすぎない女に、恋情を覚えてしまったのである。もしかしたら、ここでも葛藤があったやもしれぬ。彼のなかに潜む正と邪の闘いである、計画どおり彼女を殺すべきだという邪悪な心と、彼女を愛したいという相反する二つの心に苛まれた。だがまたしても、その闘いを邪悪な存在が制したのだ。

そして彼は決行する。密会現場に人目を忍んで足を運んでくる貴和子。なんの疑いもなく、愛《いと》しい人の身体に身を委ねた。容赦なくXは彼女の命を奪う。なぜ自分は殺されなければならないのか。その理由も分からないまま、貴和子は彼の腕のなかで絶命した。だが、復讐はまだ終わりではない。遺体の衣服をすべて剝ぎ取り、放置することにした。彼女は大切な生け贄なのだ。貴和子の裸体を剝き出しにして、衆目に晒すことで、彼は本懐を遂げる。

しかし、ここでもまた彼は相反する感情に苛まれた。突如身体の内から湧き上がる、貴和子に対する迸るほどの激しい恋情。足下に横たわっている貴和子の裸体をじっと見る。

固く閉じた目。断末魔の苦悶《くもん》に歪んだままの唇。海藻のように頬にまとわりついた黒髪。

力なくその場に跪《ひざまず》き、彼は涙する。自分は取り返しのつかないことをしてしまった……。もう二度と動くことはない、青ざめた彼女の白い肌に、ぼろぼろと涙がこぼれ落ちた。狂おしいほどの愛が、全身を支配する。鬼塚への怨念と、貴和子に対する懺悔《ざんげ》と悔恨の情が入り乱れ、彼の頭は錯乱した。その結果、彼が導き出した結論が、遺体の首を切り落とすことだったのだ。二人の愛を成就させるためには、そうするしかないと彼は信じた。

鋸《のこぎり》の刃を、彼女の白く長い首筋にあてがうＸ。鋸を引くと、一文字に肌が裂け、だらりと鮮血が流れ出た。時折額の汗を拭いながら、黙々と鋸を引き続ける。血にまみれた貴和子の柔肌に埋没してゆくぎざぎざの刃。首と頭をつなぐ頸椎《けいつい》と呼ばれる骨が切断されると、首が切り落とされた。

真夜中になるのを待って、胴体だけを巣鴨の廃屋に運び込んだ。庭の古井戸の上に遺体を遺棄する。そして愛しい貴和子の生首だけを持って、どこかに逃げ去ったのである。

以上が、これまでの情報をもとにした推測である。証拠や根拠に乏しいので、憶測の域をでていないことをご了承願いたい。それに、未だ解明されていない疑問点も数多く残されている。

まずは、風間絹代の行方が分からなくなっている点である。彼女は一体どうしたのだろう。Ｘが貴和子を殺害したとしたら、風間絹代もその巻き添えを食らって死亡したということなのか。それとも、なにか別の理由があって、彼女は逃亡しているのか。ほかに理由があるとすれば、一体何なのだろう。絹代はＸの共犯者で、なんらかの形で貴和子の殺害に加担しているということなのか。

そして分からないのは、乱歩のもとに送られてきた写真である。一糸まとわぬ貴和子の裸体が写された写真。これは一体誰が撮影したのだろう。先ほどの推測からすると、撮影したのはＸである可能性は充分に考えられる。カメラのレンズに向けられた貴和子の視線は、わずかに微笑んでいた。その微笑みは、撮影者であるＸに向けられていたと考えるとどうだろう。二人は、人目を忍んで会うような秘密の関係にあった。貴和子の全裸写真は、そのことを証明するものだったのではないか。だが、それをなぜ乱歩に送りつけたのだろうか。そこに一体、どんな意味があったのだろうか。どんなに考えても分からない。

ふと、また変な想像が頭をもたげる。いや、そんなはずはない。心に浮かび上がったその想像を一笑に付すが、やはりどうしても気になるので、ここに書き留めておくことにする。

もしかしたら、やはり乱歩も、彼らと何かしら関係があったのではないか。そうでないと、乱歩に写真が送られてきた理由がどうにも理解できない。

私は当初、乱歩と貴和子がただならぬ関係ではないかと勘ぐっていた。彼女のこととなると、乱歩の様子がいつもと違うように感じていたからだ。その原因は、彼に送られてきた裸の写真であり、それは私の思い過ごしであったことを悟った。だが今日の鬼塚教授の話を聞いて、別の疑惑が浮かび上がってきた。

やはり乱歩は今回の事件に、何かしら関係しているのではないか。

Xは類い希なる美少年だったという。「非常に整った顔立ち」をしていたと鬼塚も語っていたので、その容貌は今も衰えていないのだろう。乱歩は、美少年や美青年に深い興味と憧憬を抱いている。彼の書庫には、同性愛についての文献が数多く眠っているほどなのだ。この事実は一体何を意味しているのか。

江戸川乱歩と美少年。

もしかしたらこれは、この事件を解き明かす重要な鍵になるのかもしれない。直感的にそう思った。

そして私は、ふとある人物のことを思い浮かべたのだ。

乱歩の人生において、もっとも愛してやまない男……。もしかしたら、彼はそうだったかもしれないのである。

孤島の鬼

乱歩は美少年をこよなく愛しているが、それはあくまでも観念的なもので肉体的な接触は嫌悪しているという。彼の同性に対する憧憬は、プラトニックな純愛のようなものに近い。

乱歩がそういった性癖に目覚めたのは、少年時代に起因するという。

かぞえで十五のとき、美少年の学友と恋仲になった江戸川乱歩こと平井太郎。すっかりのぼせ上がり、昼となく夜となく、ただ彼のことを思いつめるほどだった。ただし、恋仲と言っても恋文を交わす程度であり、顔を合わせると、身体が固くなり、お互いろくに口もきけなかったそうである。少しでも触れると、電流が流れたように震え出す始末。キスなどもしたことはもちろんなく、唯一の接触は、ほかの友達がいる前で、机の節穴に入れた指を、こっそり彼が握りしめてくれたことだけだった。

だが二人の恋は長くは続かなかった。その学友は中学を卒業する前に、病に倒れ、儚《はかな》くこの世を去ってしまったというのだ。乱歩にとってこのときの体験はいまだに忘れがたいようで、「僕の一生の恋が、その同性に対してみんな使いつくされてしまったかの観がある」と述懐するほどである。

その後、太郎は早稲《わせ》田《だ》大学《だいがく》政治経済学科予科に入学。大学卒業後は、貿易会社に就職するが、そこは性に合わず、一年ほどでやめてしまった。

大正六年十一月、二十三歳のとき、父の知人の口利きで鳥羽《とば》造船所に就職。三重《みえ》県の鳥羽で暮らすことになった。そこで彼は二人の運命の人と出会う。一人は、地元の子供たちにお伽噺《とぎばなし》を読み聞かせる会で知り合った村山《むらやま》隆子という小学校の先生。のちに生涯の伴侶《はんりょ》となる女性である。そしてもう一人は、美しい顔立ちをした十八歳の青年だった。

それは真夏の暑い日だった。太郎は、鳥羽の小学校の教室で開かれていた絵の個展にふらりと立ち寄った。校舎の廊下には、竹久夢二《たけひさゆめじ》の作風を模した、いわゆる夢二式美人が描かれた絵画がずらりと並べられている。これらはみな、鳥羽在住の画家が描いたものだという。絵の感想を述べるため、近くにいた作者に声をかけようとした。そこで彼の姿を見て、思わず見惚れてしまったのだ。絵の脇に佇《たたず》んでいたのは、着流し姿のうら若き青年だった。まるで、絵画の世界から抜け出してきたのではないかと感じるほどの存在感を醸し出している。

「この絵は、みんなあなたが描いたのですか」

「ええそうです。こんな青二才が描いた絵で申し訳ありませんが、どうぞゆっくりとご覧になってくださいませ」

頬を赤らめ、青年は答えた。それにしても美しい顔立ちである。公家《くげ》顔というか、紅顔秀麗《こうがんしゅうれい》という言葉は彼のためにあるのかもしれないと思った。

彼の名は岩田準一《いわたじゅんいち》という。竹久夢二に師事し、彼の一番弟子と目されていた男である。鳥羽に暮らす準一は、十五のときに憧れていた夢二と出会い、彼に師事。夢二調の作品を描き続け、その代作まで務めるようになった。こうして出会った太郎と準一。だが、それから半年足らずで太郎は造船所を辞めて、鳥羽の地を去った。

二人が再会したのは、大正十四年のことである。そのときすでに、江戸川乱歩という名で、作家として活躍していた太郎。丁度仕事で東京に来ていたとき、滞在していた宿に準一が訪ねてきたのだ。彼はその年、大学で絵画を学ぶため、上京してきたという。そして再び交流を重ねていく中で、二人は互いに同性愛について興味を持っていることを知る。乱歩と準一は連れだって、男色の文献あさりを始めるようになった。

乱歩が休筆を宣言し、放浪の旅に出たときも、よく準一が同伴していたという。当時は人嫌いで知られていた乱歩も、彼だけは特別だったようだ。六つ年下の麗《うるわ》しき美青年である準一。編集者から身を隠し、作家仲間とも距離を置いていた乱歩であるが、彼だけは違っていた。時として二人で当て所のない旅に出たり、芝居を見たり、浅草《あさくさ》をうろうろとしたり、同性愛の文献を集めるために古本屋を巡るなど、頻繁に交流を続けたのだという。乱歩にとって彼は数少ない「友人」であり、「唯一の相棒」だったというのだ。

ある日、準一は乱歩に言った。

「ねえ太郎さん、どうして人は恋をするのだろう？」

彼は決して、「乱歩さん」とは呼ばなかった。アカデミックなものを嗜好する準一は、大衆作家としての「江戸川乱歩」という存在を軽蔑していたというのだ。乱歩が彼の質問に答える。

「それは、元来人間という生物は、今とは違い、別の形をしていたことに起因しているといわれているからだ」

「別の形？」

「人間は、もともとは手と足がそれぞれ四つあり、顔も二つある、八本足の蛸《たこ》のような球状生物だったというんだ。速く走りたいと思うときは、八本の足を軽業師のようにくるくると回しながら進んでいく。だがある日、神の怒りを買った人間は、二つに引き裂かれて今の姿形になった。だから人間は、その片割れを求めて、永遠に彷徨うことになった。それが恋愛というわけだ」

「それって確か、プラトンの『饗宴《きょうえん》』に書かれていた、ギリシア神話のアンドロギュノスの伝説ですよね」

「そのとおりだ」

準一は、憂いを帯びた眼差しを乱歩に向ける。

「なんだかせつない話ですね。愛した人が本当に引き裂かれたもう一人の自分なのかどうか、確かめる術は永遠にないのだから」

人嫌いの乱歩が唯一、心を通わせる存在であった岩田準一。それでは実際のところ、二人はどんな関係だったのか。性別を超えた、恋人同士のようなものだったのか。それについては、乱歩は、ある随筆にこう書いている。

『ちょっと断っておくが、岩田君とは同性愛文献あさりの点で気が合っていたので、彼は私よりずっと年少であったけれども、二人の間に同性愛関係があったわけではない。よく旅をして一緒に泊ったりしたが、私は彼と手が触っても嫌悪感を催すほどであった』

このように頑《かたく》なに否定しているのだ。

果たして本当にそうなのだろうか。彼と準一は、単なる友人関係だったというのか。

乱歩は『社会と交わって行くためには、私は本当の自分を隠して、仮面をかぶって暮らすほかなかった』とも告白している。〝江戸川乱歩〟という作家は、平井太郎という男が「仮面」を付けて演じているかりそめの姿だというのだ。だから彼は、決して本心をさらけ出すようなことはしない。私も長い付き合いになるが、彼の本質は、見えない「仮面」の奥に隠れているような気がしてならない。

　岩田準一との関係について、彼は真実を述べているのだろうか。『同性愛関係があったわけではない』『手が触っても嫌悪感を催すほど』というが、それが真実かどうかは分からない。男色の関係ではなかったかもしれないが、特別な感情を抱いていたとしても不思議ではない。十五のときに、美少年の旧友に抱いていた、淡い恋心のように……。

　ここに、乱歩の岩田準一に対する心情を解き明かす手がかりとなる書がある。

『孤島の鬼』は、昭和四年一月から翌年の二月まで連載された、乱歩の代表的な長篇小説のひとつである。物語は、蓑浦金之助《みのうらきんのすけ》という二十五歳の青年を主人公に、彼の恋人が密室で殺害された事件から幕を開ける。次々と巻き起こる奇怪な連続殺人事件。蓑浦は、真相を導き出す手がかりを求めて、恋人の生まれ故郷である紀伊半島《きいはんとう》の孤島へと渡った。そこで彼は、「人外境《じんがいきょう》」とも呼ばれる、島に隠された戦慄すべき邪悪を知る。

　乱歩によると、この小説を書くころは寒い時期だった。そこで、三重県の南にある漁村を旅しながら、小説の筋を考えたという。準一も呼ばれ、その旅に同行していた。船を借りて二人で沖に出たり、辺鄙《へんぴ》な漁村を歩き回ったりしながら、物語の構想を練った。だがすぐにはいいアイデアは浮かんでこない。すると、準一は乱歩に言う。

「これ、太郎さんにあげますよ」

　彼は一冊の古めかしい本を差し出した。

「これは？」

「興味深いことが書いてあったから、何か参考になると思って」

それは森鷗外《もりおうがい》全集のなかの一冊であった。そこに記されていたのは「見世物にするために嬰児《えいじ》を小さな箱に詰めた」という中国の説話である。その説話に触発されて、乱歩は『孤島の鬼』を着想する。つまり、この小説が生まれた背景には、岩田準一の存在が大きく関与していたのだ。

そういった経緯もあってか、『孤島の鬼』には同性愛が色濃く描かれている。物語の主要人物の一人である「諸戸道雄《もろとみちお》」は、主人公の蓑浦に恋い焦がれている。しかも彼は岩田準一のような、「最も高貴《ノーブル》な感じの美青年」なのだ。これは私の勝手な憶測にすぎないのだが、主人公の蓑浦の諸戸に対する態度や姿勢が、乱歩の同性愛に対する感情を表しているように思えてならない。

例えば、『孤島の鬼』のなかで蓑浦は、六歳年上の諸戸道雄との関係について、次のように述べている。

『科学者諸戸道雄は、私に対して、実に数年の長いあいだ、ある不可思議な恋情をいだいていた。そして、私はというと、むろんそのような恋情を理解することはできなかったけれど、彼の学殖なり、一種天才的な言動なり、又異様な魅力を持つ容貌なりに、決して不快を感じてはいなかった』『散歩のときに手を引き合ったり、肩を組み合うようなこともあった。それも私は意識してやっていた。時とすると、彼の指先が烈《はげ》しい情熱をもって私の指をしめつけたりするのだけれど、私は無心を粧《よそお》って、しかし、やや胸をときめかしながら、彼のなすがままに任せた』

と彼から愛情を向けられることに対して、満更でもない様子なのである。だが恋人の木崎初代《きざきはつよ》が殺され、その容疑者として諸戸が浮上すると、その感情は一変する。

『だが、諸戸のような、いわば変質者を、常規で律することはできぬのだ』『彼には何かしら、世の常の人間と違ったところがあった。彼の従事していた研究の異様なこと（その詳しいことは後に説明する機会がある）、性的倒錯者であったことなどが、彼をそんなふうに見せたのかもしれないが、しかし、どうもそれだけではなかった。表面善人らしく見えていて、その裏側にえたいの知れぬ悪がひそんでいる』

このように、『変質者』『常規で律することはできぬ』『性的倒錯者』と激しく糾弾しているのだ。しかし、彼の嫌疑が晴れ、協力して事件の真相を探るようになるとまた、

『若い私たちの心の片隅には、確かに秘密を喜び、冒険を楽しむ気持があったのだ。それに諸戸と私との間柄は、単に友だちという言葉では言い表わせない種類のものであった』『そして、それが、普通の場合のようにひどくいやな感じではなかった。彼と相対していると彼か私かどちらかが異性ででもあるような、一種甘ったるい匂いを感じた。ひょっとすると、その匂いが、私たち二人の探偵事務を一層愉快にしたのかもしれないのである』

と諸戸からの愛情を拒むことなく、逆に楽しんでいるかの様子になる。

その後二人は、殺害された初代の生まれ故郷である絶海の孤島に乗り込み、地中の洞窟を探索しようとしたとき、何者かに縄を切られ、転落してしまう。地底に広がる洞窟に閉じ込められた蓑浦と諸戸。暗闇のなか、水に濡《ぬ》れた岩肌の上を、覚束《おぼつか》ない足取りで歩いていると、

『諸戸は私の腰のところへ手をまわして、しっかり抱いていてくれた。真の闇で、二、三寸しか隔たっていない相手の顔も見えなかったけれど、規則正しく強い呼吸が聞こえ、その暖かい息が

頬に当たった。水にしめった洋服を通して彼のひきしまった筋肉が、暖く私を抱擁しているのが感じられた。諸戸の体臭が、それは決していやな感じのものでなかったが、私の身ぢかに漂っていた。それらのすべてが、闇の中の私を力強くした』

と友情関係を大きく逸脱したような感情を示しているのだ。それから二人は、地底洞窟を彷徨い続けるが、脱出することはできない。絶望的な状況のなかで、死期が近づいていることを悟る諸戸。『僕の願いを容《い》れて、僕の愛を受けて』と彼への恋情をむき出しにする。すると蓑浦は、先ほどまでは受け入れるような素振りを見せていたにもかかわらず、

『私は彼の願いの余りのいまわしさに、答えるすべを知らなかった』『ゾッと総毛立つような、なんともいえぬ嫌悪を感じた』『私ははずみを食って岩の上に横ざまに倒れた。蛇はヌラヌラと私のからだに這《は》い上がってきた。私は、このえたいの知れぬけだものが、あの諸戸なのかしらと疑った。それはもはや人間というよりも無気味な獣類でしかなかった』『地獄絵だ。闇と死と獣性の生地獄だ』

と徹底的に諸戸を拒絶するのだ。『けだもの』や『生地獄』などと称して、彼から必死で逃げだそうとする蓑浦。まるで『孤島の鬼』とは、島に隠された恐るべき「人外境」ではなく、諸戸のことを表しているかのごとく。

この後、二人は地上に脱出することに成功し、物語は大団円を迎えるのだが、もちろん蓑浦が諸戸の愛を受け入れることはなかった。すべてが解決し、蓑浦は新たなる希望を手にするのだが、それとは対照的に、諸戸には悲劇的な結末が待ち受けているのである。

このように『孤島の鬼』の主人公である蓑浦には、同性愛に対する「戸惑い」と「葛藤」があ

る。熱烈に愛を訴えてくる諸戸に対し、彼を拒んだり受け入れたりするような、相反する感情の間で揺れ動いているのだ。そこには作者である乱歩自身の「同性愛」に対する心情が投影されているような気がしてならない。この『孤島の鬼』の蓑浦と諸戸の関係は、「手が触っても嫌悪感を催すほどであった」という乱歩と岩田準一との関係を否《いや》が応《おう》でも想起させてしまうのだ。事実、乱歩は『孤島の鬼』に関して、以下のように述べている。

「この小説には同性愛がある。（中略）その時分岩田君と東西の同性愛の史実について語り合うことが多かったものだから、ついそれが影響したのかもしれない。だが探偵小説のこと故《ゆえ》、この異様な恋愛を思う様に書く機会がなかった。それが筋を運ぶ上の邪魔物にさえなった」

『孤島の鬼』の連載が始まった昭和四年、準一は大学を中退し、故郷の鳥羽に戻った。以後、雑貨商を営む傍ら、男色の歴史や志摩《しま》地方の民俗研究に勤しんだ。昭和二十年一月、文化調査を依頼され上京し、宿泊先で吐血。胃潰瘍《いかいよう》悪化のため四十五年の生涯を閉じた。

Xが美青年だという話を聞いて、岩田準一のことを思い出したのだ。乱歩と深い交流があったという紅顔秀麗の美しい顔立ちをしていた青年。二人は同性愛に興味を持ち、男色に関する古今東西の文献の収集に精を尽くしたという。乱歩は同性愛の関係ではなかったと否定するが、『孤島の鬼』の蓑浦のように、戸惑いと葛藤を繰り返していたのではないか。〝江戸川乱歩〟という仮面に隠されていた、誰も立ち入ることが許されなかった彼の本質に触れていたただ一人の男、岩田準一。彼の死後、乱歩は準一の研究を引き継いでいる。自宅の書庫には、古今東西の同性愛に関する文献や資料が保管されているのだ。

十五のときの美少年の級友との淡い初恋。そして、岩田準一という美青年との出会いと別れ。乱歩は、「性愛」と「恋愛」を区別し、プラトニックな同性との愛に、恋愛の至高の姿を見ていたに違いない。異性との恋は、それが性的な関係を持った瞬間に、本当の恋ではなくなってしまう。美少年への憧憬こそが、彼にとっては真実の恋なのである。乱歩の作品には、淫靡《いんび》で倒錯《とうさく》した男女の性愛が描かれることが多いが、その一方で、少年のような繊細でプラトニックな感性が見え隠れしている。そこが他の追随を許さない、彼の小説の魅力なのである。

一家を皆殺しにし、貴和子を殺害して逃亡しているとされるＸも、類い希なる美少年だったという。乱歩は、美少年に深い興味を抱いている。もしかしたら、彼が関係していたのは貴和子ではなく、Ｘの方ではないかと私は考えたのである。

そういえば乱歩は先ほど神楽坂の道でこう言っていた。「この事件の深淵は、我々が想像しているものよりももっと複雑で、おぞましいもの」であると。やはり彼は何か知っているのではないか。それに今度の事件は乱歩の小説を地で行くような、猟奇的な処理が遺体に施されている。もし、Ｘと乱歩の間に、なにか秘密のつながりのようなものがあったと仮定してみたらどうだろう。岩田準一のときのように、仮面の奥に秘められた彼の内面をさらけ出すような深い交流が、二人の間に存在していたのならば……。もしそうだとしたら、事件の糸を陰で引いているのは……。

いかん、また少し想像が過ぎたようである。

乱歩はあくまでも探偵作家であり、読者を戦慄させる事件や残虐な殺し方を考えるが、現実の事件に関与することなどありえないはずなのだ。しかし、江戸川乱歩という作家の実態は、謎に包まれている。彼と近しい私でも、もしかしたらそういったことがあるかもしれないと思わせる雰囲気があるから、困ったものなのだ。


原稿から視線を上げる。

風が冷たくなってきた。和真は身を震わせる。気がつくと、日が傾き始めていた。

岩田準一のことは知らなかった。ともに同性愛について興味を抱き、人嫌いだった乱歩が唯一心を許したという、紅顔秀麗の美青年だった岩田準一。原稿のなかで横溝正史は、彼とＸのことを重ね合わせている。Ｘも端整な顔立ちの美青年なのだという。

脳裏に彼のことを思い浮かべてみる。

もちろんＸの顔は知らない。だが、これまで原稿に書かれた情報から、自分なりに想像してみた。

きめ細かい白い肌、鼻筋の通った顔立ち。長い睫毛に、濡れたような栗色《くりいろ》の瞳。

類い希なる美少年だったというＸ——

一体なぜ、彼は貴和子を殺したのか。なぜ彼女の首を切り落としたのか。そしてこの後、Ｘはどうなったのだろうか。彼は逮捕されたのか。切断された貴和子の首は、なぜバッグのなかに入っていたのか……。

原稿用紙の枚数は、残り三分の一ほどになった。だが未だ、生首の女の真相を導き出すような記述にはたどりついていない。

原稿を傍らに置き、バッグを手元に引き寄せた。何か見落としていることはないか、改めて、なかに入っている彼女の顔をじっと見る。白濁した虚《うつ》ろな目が、自分の方を見ているようで気味が悪い。正視に堪えないが、我慢して観察する。

なぜ何十年も前に死んだ女の生首が、腐り果てることなく存在しているのか。

考えられるのは、冷凍保存のような方法で保管されていたのではないかということである。もしそうだとしたら、何十年も前に切り取られた頭部が、ミイラ化も白骨化もせずに現存していることの一応の説明はつく。鬼塚貴和子を殺害した犯人が、持ち去った彼女の頭部を冷凍し、どこかに保存していたのだ。

そういえば、自分を監禁した拉致犯は、一人ではなく複数であった可能性が高い。これらの一連の事件の背後には、何か大きな組織が動いているのではないか。もしかしたら、その組織が、昭和二十九年に殺され切断された鬼塚貴和子の頭部を、冷凍し現代まで保存していたのかもしれない。そして今になって、拉致監禁していた自分に生首を持たせ、身柄を解放したのだ。

だがなぜそんなことをしたのだろう。彼らの目的が分からない。なぜ貴和子の頭部を、長期間保存する必要があったのか？　そしてなぜ自分を拉致し、生首を持たせたのか。

それに、いくら冷凍したとはいえ、半世紀以上も形状を損なわずに遺体を保存できるものなのだろうか。バッグのなかの生首は、血の気が失せて肌は青ざめているが、生前の面影が分かるほどに顔の形状は保たれているのだ。果たして、そんなことは可能なのか？

和真は大きく頭を振った。一体、何が起こっているのか。なぜ、昭和二十九年に切り取られた人間の生首が、腐り果てることなく、自分の手元にあるのか。
焦燥にかられたまま、彼はバッグのファスナーを閉じた。

心ない記事

朝起きて、食卓に着いた。
いつものように朝刊を開くと、次のような記事が目に入った。

巣鴨の首なし遺体遺棄事件
夫の教授が危険視する探偵小説の猟奇性

豊島区巣鴨の廃屋で、鬼塚貴和子さん（二十九歳）の首なし遺体が見つかった事件で、被害者の夫でK大教授の鬼塚宗一朗氏（四十八歳）が当紙の取材に応じた。鬼塚氏は過去に、貴和子さんを殺害したとして警察が行方を追っているXの精神治療に携わっていたという経緯があり、事件の背景には探偵小説の影響があるのではないかと指摘する。
「彼が猟奇的な犯罪を起こした理由はさまざまですが、中でも、探偵小説の存在が色濃く影響しているのではないかと私は考えています。最初の事件で逮捕されたとき、Xの部屋から、江戸川乱歩や横溝正史などが書いた大量の探偵小説が押収されています。また治療の際も、『残酷な探偵小説の影響を受けて犯行を起こした』と発言していました」

　Xは五年前に、自分の両親と兄、妹の家族四人を殺害している。精神鑑定の結果、Xには精神疾患があると認められ、鬼塚氏が治療にあたることになった。その後、Xは病院を脱走し、行方が分からなくなっていた。警察は、Xが鬼塚氏を逆恨みし、妻の貴和子さんを殺害したと見ている。

「彼のように人間の尊厳を顧みず、残虐な殺人を平気で犯す人格が形成された背景には、探偵小説の存在があったことは間違いないでしょう。彼の治療に当たったときに、もっと声高にこの事実を訴えておくべきでした。そうしておけば、貴和子の命は奪われずにすんだかもしれないからです。二度と、Xのような人間を生み出さないためにも、探偵小説のような悪書を野放しにしておいてはなりません。私は亡くなった妻のためにも、研究者生命をかけて、探偵小説の危険性を訴えていきたいという所存でおります」

　と鬼塚氏は涙ながらに訴えた。これからは政府に働きかけるなどして、有害な探偵小説の廃絶に向けて、取り組んでいきたいと述べている。

　記事を読んで私はため息をつく。

　思ったよりも早く、鬼塚教授は行動を起こしてきた。記事は、殺人事件の遺族である鬼塚には同情的で、探偵小説には「有害」とかなり手厳しい。

　さらに同日に発売された雑誌には、こんな記事が掲載されていた。

江戸川乱歩氏が関与か？
巣鴨の全裸首なし遺体事件に新展開

今月十日、大学教授夫人の鬼塚貴和子さんの遺体が、巣鴨の廃屋で発見された事件で、探偵作家の江戸川乱歩氏が関与しているのではないかという疑惑が浮上した。江戸川氏は『D坂の殺人事件』『陰獣』『孤島の鬼』などで知られ、かの名探偵・明智小五郎を生み出した人物。鬼塚さんの遺体は、衣服を着ておらず、頭部が切断された状態で古井戸の上に放置されていた。駆けつけた警察官は、遺体発見現場を目の当たりにして阿鼻叫喚《あびきょうかん》。これぞまさに、江戸川乱歩氏が書いた小説の場面かと見《み》紛《まが》うほど、凄惨な光景であったという。このことから、巷《ちまた》では江戸川氏が事件に関与しているのではないかという噂が飛び交っているのだが、それを裏付ける、有力な情報が入ってきた。

関係者の間では、江戸川乱歩氏と、殺害された鬼塚貴和子さんは親密な間柄だったという疑惑が取り沙汰されている。あろうことか江戸川氏は、人妻である鬼塚さんを頻繁に誘い出し、密会を重ねていたのではないかというのだ。もしこれが事実ならば一大事である。猟奇的な探偵小説ばかりを書く江戸川氏と、目を覆うような残虐な殺され方をした鬼塚さんは、決して人には言えぬような関係であったかもしれないからである。これは何をか言わんやである。江戸川氏が事件に関与しているという噂も信憑《しんぴょう》性を帯びてきた。氏をよく知る関係者の一人は、次のように語る。

「江戸川乱歩は、出版関係者の間では人嫌いの変人で有名である。真っ昼間でも土蔵のなかにこしらえた書斎に閉じこもり、蠟燭《ろうそく》の灯《あか》りで探偵小説を書いている。氏の頭のなかは常に、人殺しのトリックや、猟奇的な殺害方法で埋めつくされており、現実の事件に関与していたとしてもなんら不思議ではない」

一体、殺害された鬼塚さんと江戸川乱歩氏の間には何があったのか？　江戸川氏本人に話を聞くべく、自宅に駆けつけたが、取材は断固拒否された。もし、江戸川氏が事件に関与しておらず、鬼塚さんとの関係も潔白なものであれば、きちんと取材を受けて、自らの疑惑を公明正大に晴らすべきではないか。

警察は、事件の最重要容疑者としてXという男の行方を追っている。Xは、被害者の夫であるK大教授の鬼塚宗一朗氏を憎み、度々脅迫状を送りつけていた人物である。果たして江戸川乱歩氏は、事件にどれほどまで関与しているというのか。Xとの関係は如何に？　今後の捜査の過程で、江戸川氏に不利な事実が出てこないことを祈るばかりである。

三流雑誌の飛ばし記事である。乱歩が「人嫌い」であるというのは戦前の話で、今は違う。出版関係者ともよく会い、探偵作家クラブを作ったり、文士劇にも出演したりととても社交的なのだ。土蔵に閉じこもり「蠟燭の灯りで探偵小説を書いている」というのも事実ではない。乱歩の家に大きな土蔵はあるが、執筆は母屋にある仕事部屋で行っている。よくよく調べれば分かることではあるが、事件と乱歩を結びつけるためにこのように書いたのであろう。

ただし、これはすべてが根も葉もない捏造《ねつぞう》記事というわけでもない。「親密な関係」であったかどうかは分からないが、乱歩と貴和子との間に交流があったことは事実だからだ。一体どうして、記者は、このことを知り得たのだろうか。乱歩と貴和子が会っていたことを知るのは、二人以外では、この私と、失踪した風間絹代と夫の鬼塚だけである。鬼塚教授が乱歩を貶《おとし》めるために情報を雑誌に売ったということなのか。いずれにせよ、今日の朝刊の記事とこの雑誌の記事により、探偵小説に対しての風向きが悪くならなければと思っている。

それにしても心配なのは乱歩のことだった。彼は意外と、新聞や雑誌の風評をとても気にするからだ。ああ見えて繊細な性格なので、そういったゴシップの類いによって創作活動に大きな支障を来すことがある。実は、現実に起こった事件に乱歩が関与しているのではないかという記事が出たのは、これが初めてではない。

昭和七年三月、向島《むこうじま》、玉《たま》の井《い》で男性のバラバラ死体が見つかった。警察は警官を総動員して捜査に当たるが、遺体の身元や犯人の手がかりを見つけ出すことはできなかった。そして、警視庁の捜査本部にこんな投書が届いたのだ。

『犯人は江戸川乱歩である。彼がこの事件発生によって、ぱったり探偵小説の筆を断ったことは、きわめて怪しい。即刻彼を監禁せよ』

玉の井のバラバラ事件の犯人は、乱歩だというのである。彼はその年の三月に、二度目の休筆を宣言したばかりであり、それが奇《く》しくも玉の井で事件が発覚した時期と同じだった。投稿者は、バラバラ事件と時を同じくして休筆したことが怪しいというのだ。このことは新聞でも報道され、疑惑の目が向けられた。

こればかりは、もちろん言いがかりであると乱歩は述べている。二度目の休筆を決めた理由は、抱えていたいくつかの連載が終わったからだ。全集が売れて多額の印税が入り、当分生活には困らないという状況だった。次から次へとくる出版社の注文に応じ、納得のいく作品が書けていないという疲弊感もあった。一回目の休筆のときと同じである。「自己嫌悪にたえぬ小説など一刻も早くやめたい」という心境だったというのだ。

　半年後、犯人は無事逮捕されたが、この事件は乱歩の心に遺恨を残した。二年ほどの休筆が終わり、執筆を再開した後も、『江戸川乱歩の屋根裏の散歩者を地で行く怪盗が捕まった』『江戸川乱歩の「一寸法師」を所持』『ことに江戸川乱歩の「陰獣」等を耽読《たんどく》し』などと、彼の名前や小説の題名が現実の事件を報じる記事のなかに躍った。そのたびに乱歩は嫌悪感を覚え、「小説廃業を思うこと頻《しき》りなり」と気を病むのであった。

　そして今度の事件である。新聞や雑誌に、探偵小説が有害と槍玉《やりだま》に挙げられていたり、乱歩自身が事件に関与しているのではないかと疑惑の目を向けられている。私はこれらの記事により、彼の執筆への意欲が、より一層削《そ》がれるのではないかと危惧しているのだ。

　私は乱歩と違い、新聞に名前が出ようが、現実に起こった猟奇事件を自分が書いた小説に喩《たと》えられようが、あまり気にはしない。それよりも、小説の宣伝になるのではないかと前向きにとらえている。それはかつて、私が雑誌の編集者をしていたからそう思うのかもしれない。ただで自分の小説を宣伝してもらうのだから、儲《もう》けものである。編集者というよりは、商人気質の上方人であることの性《さが》なのかもしれないが……。でも乱歩は違うのだ。私よりもずっと繊細で、傷つきやすい。

　ただでさえ、戦後になって書かなくなった。乱歩にはどうしても書いてもらわねばならないのだ。なぜなら彼は、私を探偵小説という修羅の道に引き入れた張本人だからである。小説を書いているときは、乱歩ならどう思うか、早く乱歩に読んでもらいたいなどと、彼の存在が絶えず私の頭のなかにある。肺の病で倒れたときも、血を吐きながらも探偵小説を書き続けることができたのは、ひとえに江戸川乱歩という存在があったからにほかならない。乱歩に憧れ、乱歩のような小説を書きたい、乱歩を凌駕《りょうが》する作品を出して、彼を驚嘆させたいと夢見てここまで来た。だから、彼には書き続けてもらわなければ困るのだ。

書くも地獄、書かぬも地獄なのだよ。乱歩はん。

乱歩邸

池袋《いけぶくろ》の駅のホームに降り立ち、ほっと胸をなで下ろした。

小田急から国鉄へと、各駅停車を乗り継いでなんとかここまで来た。東京に引き揚げてきてから、電車には二度ほど乗ったが、そのときはすべて女房同伴だった。一人で電車に乗って、こんなに遠出したのは初めてである。

私が乗り物嫌いであるのは先に述べたとおりである。自動車ならまだなんとか我慢ができるのだが、電車の場合は自分がおりたいと思ってもすぐには降りられない。そう思うと途端に怖くなるのだ。列車から降りたいという欲望と、ひょっとすると自分が飛び降りてしまうのではないかという恐怖に苛まれる。そんなわけで、女房同伴で乗った電車も各駅停車限定だった。各駅停車ならば、あ、怖い、……と思いかけたころには次の駅に停《と》まってくれるからだ。

さらに今日は、もしものときのことを考えて、五合の酒が入った水筒を首にぶら下げてきた。恐怖を感じたら、それを飲んで気を紛らわせようと思ったからだ。それでも駄目なら、途中で降りるしかなかった。なんとか、酒の世話にはならず、途中下車することもなく、無事にたどりつくことができた。

　駅を出て、雑踏のなかを歩く。途中で和菓子屋に立ち寄り、手土産の菓子を買う。乱歩の好物である薯蕷《じょうよ》饅頭《まんじゅう》である。皮に山芋が入っている粘り気のある饅頭だ。人混みのなか、大通りを通り抜け、住宅街の路地に入る。

　それまでの喧噪は静まり、通りには瀟洒な家が建ち並んでいる。しばらく歩き続けると、視線の先に、立派な日本家屋が見えてきた。表札には、筆文字で「平井太郎」と書かれている。江戸川乱歩の邸宅である。新聞や雑誌の記事のことがあったので、ちょっと心配になった。彼のことだから、記事を読んで、気に病んでいるかもしれなかった。

　乱歩の家を訪れるのは久しぶりだ。戦前は作家仲間の集まりで、何度かお邪魔している。母屋の奥にある庭には、鼠色《ねずみいろ》の堅牢《けんろう》な土蔵がそびえ立っているのが見える。前述のとおり、以前は、このなかに大机を持ち込んで、書斎として使用していたようだが、今は書庫になっていた。乱歩曰く、夏は冷え冷えとしていいが、冬は寒くて過ごしにくいという。

　彼がこの池袋の邸宅に引っ越してきたのは、昭和九年のことである。

　その前は高輪《たかなわ》にいたが、電車と自動車の騒音に耐えがたくなり、この家を見つけて越してきた。乱歩は幼いころから住居を転々としており、本人が数えたところによると、ここに来るまで四十六ヵ所の家で暮らしたという。東京に来てからも、二十六ヵ所の家に住んだ。だがこの池袋の家には、もう二十年も住んでいる。彼はこの邸宅を、よほど気に入っているようなのだ。その決め手はやはり、この土蔵だという。

土蔵は大正時代に建てられたものである。空襲で池袋が火の海になったときも、この土蔵が焼夷弾《しょういだん》を防ぎ、母屋ともども焼失から免れることができた。現在はここに、洋書や和書、保存用の自著などの蔵書やこまめに収集した膨大な資料が収められている。この土蔵はいわば乱歩の頭脳とも呼べる場所なのだ。

門を通り抜け、敷地のなかに足を踏み入れた。玄関の呼び鈴を押すと、奥方の隆子さんが顔を出して、招き入れてくれた。報道のせいで、頻繁に記者がやってきて、困り果てているという。

家に上がると、乱歩が奥から出てきた。

血色もよく元気そうだ。少し安心する。手土産を渡すと、彼の顔がわずかに綻んだ。甘党の乱歩は饅頭には目がないのだ。乱歩の後をついて、廊下を通り、座敷《ざしき》に案内された。

八畳の日本間である。広い庭に面しており、奥にあの土蔵が見える。乱歩に勧められ、席に着いた。私が座るやいなや、なにやら嬉しそうに言う。

「ちょっとこれを見てほしい」

対面に座ると、傍らに置いてあった大きなスクラップブックを開き、私に向けて見せた。彼は几帳面《きちょうめん》な性格で、記録癖、収集癖があることで知られている。自分に関係あることが書かれたものは、手紙であれ記事であれ、手当たり次第にスクラップブックに貼り、それを貼雑帳《はりまぜちょう》と呼んで、このように保存しているのだ。

「どうだ。こうしてみると一目瞭然だろう」

乱歩が自慢げに言う。私はスクラップブックを取り上げて、まじまじと見た。

見開き一杯に、鋏《はさみ》で切り取られた新聞や雑誌の記事が整然と並んでいる。記事はすべて、今回の事件に関連したものだ。貴和子の首なし死体が発見された記事や、五年前のXの事件、そして昨日の、鬼塚が探偵小説を糾弾する記事と、乱歩を犯人扱いする雑誌の記事までもう貼り付けられている。

　それを見ると、図らずも笑いが込み上げてきた。自分にとってはあまり嬉しくない記事を、彼が丁寧に鋏で切り取っている姿を想像すると、可笑《おか》しくなってしまったのだ。

「なんで笑っている？」

訝《いぶか》しげな顔で乱歩が言う。

「いやいや、心配しとったけど、大丈夫そうやなと思て。いやな記事でも、こんなきれいに切り取って、貼ってあるんやから」

「私の性分でね。君もよく知っているとおり、どんな不愉快な記事でも、自分に関係あることは、残しておかなければ気がすまないんだ」

　そう言うと彼は、神妙な顔でこちらをじっと見た。

「ほら……こうして一連の記事を並べて眺めていると、見えてくるかもしれないだろ。事件の真相が」

　私は身を乗り出して言う。

「ほんなら、分かったというわけですか。この事件の真相が」

「いいや、さっぱり分からん」

　がくっと力が抜けそうになった。とそこへ、隆子さんが入ってくる。湯気のたった紅茶と洋菓子を出してくれた。彼女が出て行くと、乱歩が声を潜めて言う。

「事件の真相はまだ分からぬが、いくつか新しい情報を仕入れた」

「新聞記者から聞いたんやね」

「そうだ」

乱歩は、脇に置いてあった手帳を取ると、それを見ながら言う。

「まずはＸについての情報だ。警察は目下、捜査員を総動員して彼の行方を捜索しているが、未だその消息はおろか、手がかりにさえたどりついていないようだ。三年前に病院から脱走したときも、警察の失態と大きく叩かれた。厳重な警備のなか、彼はまるで手品の消失のごとく、鉄格子の閉鎖病棟から忽然と姿を消しているからね。結局、脱出経路も、その後の足取りや潜伏先なども何も分かっていない。見事彼は警察の目を掻《か》い潜《くぐ》り、逃亡を成功させている。それで今度の事件だ。警察はその威信にかけて、血眼《ちまなこ》でＸの行方を追っているとのことだ」

「風間絹代はどうなったんです。彼女は見つかりましたか？」

「まだ見つかっていない。この前も言ったとおり、事件に巻き込まれてＸに殺されたんじゃないかというのが、もっぱらの警察の見方だ。横溝君、君は何が言いたい？　もしかしたら君はまだ、殺されたのが絹代で、犯人が貴和子だと考えているのではないか」

「いえ、そうやなくて、絹代はもしかしたら、Ｘの共犯者で、貴和子さん殺害の手引きをしたんやないかと思いまして。そしたら、彼女は殺されたんやなくて、Ｘと一緒に逃亡しているのかも」

「もちろん、その可能性はないとはいえない。警察はその線も視野に入れて捜査しているようだ。ただし、Ｘと絹代が通じ合っていたという証拠は何もない。鬼塚教授は、Ｘと貴和子は面識がなかったのではないかと言っていた。彼が貴和子と知り合い結婚したのは、Ｘが失踪したあとだからね。同じように、風間絹代が鬼塚家に雇われたのも、一年前のことだ」

風間絹代は長野《ながの》県出身で、鬼塚の知人の紹介により、去年の二月ごろから鬼塚家で住み込みの家政婦として雇われた。おもに貴和子の身の回りの世話をしていたとのことだ。

Ｘが病院を脱走したのは三年前。その後、鬼塚と貴和子が結婚。そして風間絹代が家政婦として鬼塚家に入ったのが一年前。時系列からすると、確かに貴和子と絹代は、Ｘとは面識がないように思われる。

「ほんなら、風間絹代がＸに雇われた刺客だった可能性は？　Ｘに依頼され、鬼塚家に家政婦として潜入し、貴和子に近づいたとか」

「なるほど。それは面白い。ただし、それもいまのところはなんの証拠もない」

「絹代の出自を調べれば、何か分かるかもしれません」

「そうだな。しかし、絹代が共犯であろうがなかろうが、Ｘが貴和子を殺害したという見立ては変わりないのではないか」

「確かにそうやけど」

「君がどうしても、Ｘを犯人ではないと思いたい気持ちは分かる。Ｘが逮捕され、事件と探偵小説の因果関係が立証されたら、我々の立場は危うくなるからな」

「やはり、Ｘが貴和子さんを殺したんやろか」

「さあ、それは分からない。ただし、私はこう考えている」

乱歩が神妙な顔で言う。

「Ｘが犯人であるかもしれないし……犯人ではないのかもしれない」

その言葉を聞いて、がくっとまた力が抜けた。全く以て意味の無い言葉である。天下の江戸川乱歩も、お手上げということなのか。気を取り直して彼に訊く。

「ほかに、なんか分かったことはあるんやろか」

乱歩は手帳に視線を落として言う。

「あとは鬼塚教授の同僚だった研究者に、話を聞くことができたそうだ。その人物によると、この前の彼の話は、概《おおむ》ね間違っていなかった。治療中の鬼塚教授とＸの関係は良好で、恨まれる筋合いはなかったようだ。その研究者も、とにかくＸは色白で鼻筋の通った、美しい青年だったというんだ。普段は穏やかで、医師や看護婦らとも和やかに接していた。とても、家族四人を皆殺しにした人間とは思えなかったらしい」

Ｘの話になると、乱歩の目が輝いた。本当に彼は、美少年や美青年には目がないようだ。

「もっとも、入院中も意味不明な言動は続いていた。自分は時空を操ることができるのだと、妄言ばかりを繰り返していたという。そんな彼と、鬼塚教授は根気よく接していた。鬼塚教授は立派な人格者として評判どおりの人物であるようだ。Ｘの治療にあたった医師や研究者のなかでも、もっとも熱心に、彼が社会復帰できるように取り組んでいたということだ」

断筆

乱歩が、記者から聞いた話をまとめると次のようになる。

鬼塚教授は、Xの治療に取り組んでいた。彼の分裂した人格を元に戻すべく、昼夜を分かたず、催眠療法や薬物療法を実践した。

Xの心には『ジキル博士とハイド氏』のように、別の人格が存在したという。こういった多重人格者の症例は、十九世紀末から二十世紀初頭まで数多く見られた。これは、一人の人間のなかに複数の独立する人格が出現する状態のことであり、人格が交代すると、交代前の記憶がなくなることもある。日本で最初に多重人格の例が報告されたのは大正時代で、「二重人格の少年」の症例が記録に残されている。

だが近年、この「多重人格」という診断名は、精神医学の世界から消え去っている。フロイトによって提唱された精神分析が中心となる現代において、多重人格は「虚言症的な患者に騙《だま》された虚像、あるいは催眠によって作り出された医原性疾患」とされ、その症例自体が疑問視されているからである。つまり、多重人格とは、患者の演技か催眠による妄想ではないかというのだ。

鬼塚教授によるXの治療は「多重人格」という症例が実在するかどうかを証明する意味でも、精神医学的に意義のある研究であった。

「なるほど、では犯行に及んだXのもうひとつの人格とは、彼の演技なのかもしれないというわけやね」

「さあ、それは分からない。そのことを見極めるためにも、鬼塚教授は熱心に治療をしていたのだろう。多重人格が本当にあることが実証できれば、学界でも一躍注目されるからな」

「ほんなら鬼塚教授は、自分の野心のために、彼に恨みを抱かれるような非人道的な研究を行っていたとか」

「いや、それがどうやらそうでもないらしい。先ほども言ったように、あくまでも治療は、Ｘの更生と社会復帰が優先されていた。拷問したり、精神的に追いつめるようなことは一切なかったという」

「じゃあ、なんでＸは、あんなに鬼塚教授のことを恨んでんねやろ」

「その研究者の見解では、鬼塚教授の話と同じ、Ｘの別の人格が、自分の存在が消されることを危惧して、彼に憎悪を抱いているのではないかということだ。まあその別の人格が、本当に彼の内面に実在しているのか、それとも罪を逃れるための演技によるものかは分からないが」

「なるほど」

「ただし、ちょっと気になる話もある」

ひとつ咳払《せきばら》いすると、乱歩が手帳のページをめくる。

「これは記者が、鬼塚が結婚する前に交際していた女性から聞いた話ということだが……彼は変わった性癖があるらしい」

眼鏡の奥の乱歩の目に、光が宿った。

「変わった性癖とは？」

「ああ見えて彼には、サディズムの癖があるというんだ。相手を痛めつけたり、傷つけたりすることに、異常に興奮するようだ」

「それは、さっきの研究者の話と矛盾してまへんか。彼は立派な人格者やと」

「仕事では感情を抑圧しているのだろう。だから、家に帰るとそういった性癖が現れるのではないか」

「では、貴和子さんも鬼塚から折檻されていたと？」

「その可能性はあるな」

その話を聞いて、私はよからぬ想像をしてしまった。

乱歩に送りつけられてきた写真に写された貴和子の魅惑的な裸体。

あの豊満で白い柔肌に、嬉々《きき》として鞭《むち》を振るう鬼塚。鞭があたるたびに、苦痛にゆがむ貴和子の顔。形のいい唇から断続的に漏れる嘆息。彼女は痛みに苦しんでいるのだろうか。それとも、快感に打ち震えているのか……。

もし彼女が鬼塚の性癖に苦悩していたとしたら、その悩みにつけ込んで、Xが彼女を誘惑したのかもしれぬ。度重なる夫の折檻に苦しむ彼女に寄り添うふりをして、その心を支配したのだ。だが鬼塚の折檻が、貴和子が望んだものだとしたら……。これは一体どういうことなのか。また分からなくなってきた。

「そういえば、鬼塚教授と貴和子さんはどこで知り合ったんやろ。なんで二人は結婚したのか」

「聞くところによると、貴和子は鬼塚の遠縁の娘だったそうだ。彼女の実家は戦災で焼けて、両親も亡くなっている。兄もいたが、徴兵で戦争に取られ、南方で戦死したとのことである。それで、鬼塚が身柄を預かることになり、結婚することになった。彼の両親も亡くなっていたので、一人では侘《わび》しく、嫁を探していたということらしい。お互い、都合がよかったということだ」

「なるほど」

「風間絹代が来る前に、鬼塚の家に出入りしていた家政婦の話によると、彼女は物静かな女性だったようだ。普段は部屋に閉じこもり、ずっと読書をしているような生活だったという。もちろん読んでいたのは、探偵小説ばかりだったことは言うまでもない。近隣の住民も、彼女が外出している所をほとんど見たことがないそうだ。鬼塚が結婚していたことも、知らない人が多かったらしい」

いつも部屋に閉じこもっていたという貴和子。もしそうだとしたら、あのときはなぜ、我々と会いにホテルのラウンジに現れたのだろうか。あの日は、彼女にとって特別な日だったということなのか。

「そうだ……読書と言えば、もうひとつ分かったことがある」

乱歩が話し続ける。

「五年前に殺害されたＸの兄の史朗も、探偵小説の愛読者だったそうだ。Ｘが探偵小説を読むようになったのも、兄の影響だったらしい。彼は兄のことを慕っていたというからね。殺戮の舞台となった家の史朗の部屋には、多くの蔵書があったということだ。ドイルやクリスティはもとより、ヴァン・ダインにディクスン・カー。日本のものでは、久生十蘭《ひさおじゅうらん》に夢野久作《ゆめのきゅうさく》や小栗虫太《おぐりむした》郎《ろう》。最近のものでは高木彬光《たかぎあきみつ》に山田風太郎《やまだふうたろう》。もちろん、横溝君と私の小説も山ほどあった。もっとも史朗の部屋はひどく荒らされ、それらの探偵小説も血の海のなかに散乱していたというが」

「なるほど……ということは二つの事件の被害者のなかで、二人が、探偵小説の愛読者というわけですな」

「そういうことになるな」

「Ｘは探偵小説の愛読者を憎んでいたんやろか？　もしそうやったら、いろいろと話が違ってきますな。鬼塚教授は、彼が探偵小説に影響されて事件を起こしたと言っていましたが、憎んでいたとしたら、こちらが一方的に責められる筋合いはなくなる」

「そこのところはよう分からん。探偵小説を愛しすぎておかしくなったのかもしれぬ」

「まあ、そうかもしれませんが」

「それにしても分からない。なぜ被害者のうち二人が、探偵小説の熱心な愛読者だったのか。それが殺害の動機に関係しているのか。分からん。分からん。分からんことだらけだ」

珍しく乱歩が声を荒らげる。

だが、すぐにいつもの憮然とした顔に戻り、私の顔をじっと見た。

「そこで、ちょっとこんなものを書いてみた」

そう言うと、手帳に挟んであった数枚の紙を差し出した。

「事件の要点を書き出してみた。ちょっと見てほしい」

そこには、整った手書きの文字でこう書かれていた。

〔時系列〕

昭和二十四年十月	巣鴨一家四人惨殺事件
昭和二十六年某日	Xが病院から脱走
昭和二十六年某日	鬼塚と貴和子が結婚
昭和二十八年某日	風間絹代が家政婦として雇用される
昭和二十九年一月	横溝正史を交え貴和子と会食
昭和二十九年二月	貴和子の首なし死体が見つかる

［被害者］

小池正蔵……Xの父

峰子……Xの母

史朗……Xの兄　探偵小説の愛読者

美鈴……Xの妹

鬼塚貴和子……鬼塚教授の妻　探偵小説の愛読者

［容疑者］

X……美青年、空想癖がある、時空を操れると信じている
五年前、父、母、兄、妹の家族四人を皆殺しにした
鬼塚を憎んでいる
探偵小説をよく読んでいた

［関係者］

鬼塚宗一朗……Xには拷問や心理的虐待などの非人道的な行為はなかった
その半面、サディズムの性癖があり、貴和子を折檻していたのではないかという疑惑がある

風間絹代……………現在、行方不明　事件に巻き込まれ死亡？
　　　　　　　　　Ｘの共犯者の可能性もある
　　　　　　　　　ただし二人の間には、いまのところ接点はない

〔**脅迫状**〕
・白い便箋に、手書きの殴り書きのような文字で書かれていた
　文字はＸの筆跡と一致、便箋から彼の指紋も検出されている

〔**貴和子の裸の写真**〕
・初めて彼女と会ったあとに送られてきた
・誰が撮影したかは不明

〔**貴和子の生首**〕
・遺体発見現場からは見つかっていない
・特徴　左のうなじのあたりに、米粒大の二つのほくろがある

〔**疑問点**〕
・貴和子の裸の写真は誰が撮影したのか？
　そして誰がなんのために、私に送ったのか？

・一体なぜ、五年前の事件と今回の事件では犯行の形態が違うのか？
五年前は斧を使用し家族を惨殺したが、今回は被害者が全裸で首を切断されている
それはなぜなのか？
・貴和子を殺害したのはXなのか？　それとも別の誰かなのか？
・貴和子とXの間には、いまのところ接点は見つかっていない
ただし二人とも「この世には夢のような不思議なことがあるのか」と同じような発言をしている。これは全くの偶然なのか？　それともなにか意味があるのか？
・切断された貴和子の頭部が持ち去られた理由は何なのか？
貴和子の生首は今、どこにあるのか？


一通り、メモに目を通すと乱歩に言う。

「上手にまとめてはりますな。これなら事件のことが一目瞭然です。何が分かっていて、何が分かっていないのか」

私は改めて、彼が書いた紙に視線を向けた。

「気になるのはやはり、この事件は探偵小説が深く関係しているということやね。被害者のうち、Ｘの兄の史朗と貴和子は二人とも探偵小説の愛読者だった。容疑者のＸも探偵小説をよく読んでいた。殺された貴和子の夫の鬼塚は、探偵小説を危険視して忌み嫌っている。それに、江戸川乱歩と横溝正史という探偵作家二人が事件に巻き込まれている」

乱歩は無言で、私の言葉に耳を傾けている。

「それと、やはりXが鬼塚を逆恨みする理由がよく分かりませんな。鬼塚は貴和子さんには折檻を加えていたという疑惑があるが、Xには拷問などの行為は一切無かった。逆やったら、納得いくんやけど。これを見ると、もしかしたらXは、鬼塚を憎んではいなかったのではないかと思ってしまう」

「ただし、脅迫状の文字の筆跡は一致している。便箋から彼の指紋も検出された。脅迫状はXが書いたものに間違いない。この事実はどう考える。そして、鬼塚を憎んでいないとしたら、なぜ貴和子を殺したんだ？」

「それはそうなんやけど」

私は腕組みをして考え込んだ。

「まあいい。そうだ……この紙は君が持っていてくれないか」

「なんで私が？　これは乱歩さんが書かれたものでしょう」

「家に持って帰って、じっくり考えてくれ。無理にとは言わない。いらなければ破って捨ててもらって一向に構わない」

「捨てたりなんかせえへんけど。でもどうして」

「私はもう、ほとほと疲れ果てたんだよ。貴和子の事件のことを考えるのは、もうこれでお終《しま》いにしようと思って」

「そんな、なんぼなんでもそれはあかん。事件の真相を解明して、探偵小説にかけられた疑念を晴らさへんと」

「探偵小説と現実の事件は違うんだ。そろそろ限界かもしれぬ」

乱歩は貼雑帳に貼ってある、新聞や雑誌の記事を指して言う。

「それに、こんな記事まで書かれて、大変申し訳なく思っているんだ。これ以上私が関わると、探偵小説の印象もどんどん悪くなる。だからまた休筆して、旅にでも出ようと思っている。まあ、休筆と言っても、近ごろはほとんど書いていなかったからね。だから、休筆じゃなくて、絶筆かな」

自虐的に乱歩が笑う。

「何言うてはりまんの」

「君には本当に悪いと思っている。こんなことに君を巻き込んだのは私だからね。だから、記事を書かれて、勝手にやめるとか、どの口が言うのかと憤っているのかもしれないが、勘弁してほしい。許してくれ」

「別に謝られても困ります。事件のことなんかどうでもええ。旅に出るのも結構。好きなことやったら何でもしたらええけど、探偵小説だけはやめられたら困るんです」

乱歩は表情を変えず、私を見て言う。

「もうこれは決めたことなんだ。あのとき、鬼塚の前で言ったのは本音だよ。探偵小説など、この世からなくなってしまえばいいと。私は誰よりも探偵小説を愛している。だからこそ、これまで命を削るように取り組んできた……。でも、いつも納得のいく作品を書くことができずに自己嫌悪に陥るんだ。だから、あんなことを言ってしまった。探偵小説なんかなくなってしまえばいいと。そんな人間に探偵小説を書く資格などないだろう。そういったわけで、潔くやめることにした」

恐れていた言葉だった。やはり乱歩の心は、記事により深く傷ついていたのだ。

「私なんかが書かなくても、もう大丈夫だろ。横溝君をはじめ、すごい作家がたくさんいる。探偵小説はもう、君たちに任せたよ」

「そういうことやない。私は江戸川乱歩が探偵小説を書かなければ、困るんです。あんたは何も分かっていない」

「どうして、君が困るんだ」

「なんで、それが分からへんのですか……」

あんたが横溝正史を生み出したからや。

あのとき、西田政治の家であんたと出会わなければ、私は今も神戸にいて、しがない薬屋の主人をしていたに違いない。この陰気で、引っ込み思案で、三白眼で人をジロジロ見る癖がある青年を、いっぱしの探偵作家にしてくれたのはあんたやないか。

江戸川乱歩はずっと私の憧れやった。あんたみたいになりたくて、いつかあんたに追いついて、あんたに認めてもらいたくて、ずっと探偵小説を書いてきた。本陣も獄門も八つ墓も犬神家も、あんたがいなければ生まれてなかったんや。だからやめるなんて、そんなこと言わんでくれ。

神戸にいるとき、私はいつも一人で孤独やった。幼いころに母を失い、継母と腹違いの兄弟たちに囲まれた、疑心暗鬼のなかでの生活。唯一の理解者やった兄の五郎も、私が十六のときにこの世を去った。私は孤独に苛まれた。いつもいらいらして、トゲトゲしく、何かに突っかかっていた。そんなときに、私の前に現れたのが、乱歩さんやったんや。あんたと接していると、いつもギスギスしていた私は、心温まる思いがした。あんたにとって私は、数多い友人の一人かもしれへんけど、いたって非社交的だった私にとっては、あんたしかおれへんかった。

乱歩は誰よりも探偵小説を愛していると言うが、私もそれに負けへんぐらい探偵小説を愛している。子供のころ、ひとりぼっちの私を救ってくれたのは探偵小説やった。孤独な私の心を、いつも謎に満ちた怪奇の世界に誘ってくれた。探偵小説がなくなるのは絶対に困るんや。探偵小説を守り続けるのが、私の恩返しなんや。

だから乱歩はん、一緒に探偵小説を書き続けていこう。かつての私みたいな少年のためにも。あんたに唆されて、探偵作家に成り果てた私のためにも。あんたが書かなくなったら、みんな困るんや。

心のなかで、そう叫び続けていた。

けれど、その叫びを口にすることはなく。

乱歩との確執

車輪の単調な振動が、身体に響いてくる。

視線の先には、宵闇が迫り来る東京の家並みが続いていた。

各駅停車の車内。混雑時間にはまだ早いが、乗客はそれなりにはいる。私は座席の片隅に腰掛け、昂ぶる心を落ち着かせている。

堪えきれなくなって、水筒のなかの酒を口にした。電車に乗っているのが怖くなったわけではない。乱歩のことを思うと、飲まずにはいられなかったのだ。

あの後、彼と口論になった。なんとか絶筆を止めさせようとしたが、結局、翻意させることはままならなかった。乱歩は我がままな拗《す》ねっ子のように、自分の殻に閉じこもってしまったのだ。仕方なく、私はわだかまりを抱えたまま彼の家を後にした。慰めてやろうと思ってきたのに、逆効果になってしまった。つくづく自分が情けなくなる。

もっと粘り強く、訴えかければよかったのかもしれなかった。自分の思いをすべてさらけ出し、彼にぶつければよかったのではないかと思った。でもそれを躊躇した。

乱歩の気持ちも、痛いほどよく分かるからだ。私も命を削るようにして探偵小説を書いている。自分の才能のなさに悲観し、逃げだしたくなるようなときだってある。でも、書き続けるしかないのだ。なぜなら我々にできることはもう、探偵小説を書くことしかないのだから。

だが、今の乱歩にそれを言うのは酷なのではないかと思った。私が剝き出しの感情をぶつけても、それは単に彼を追いつめることでしかないのだ。今度のことも、きっと乱歩が自分で解決するはずである。そう信じるしかない。これまでもずっとそうだった。

電車に揺られながら、水筒のなかの酒をちびちびと飲む。

これまでも、私と彼は、幾度となく感情的な衝突を繰り返している。

昭和七年、博文館を退社した私は、作家一本で生計を立てていた。仕事も順調で、多くの連載を抱え、執筆に勤しんでいた。でもその翌年の五月、大量の喀血をする。結核が悪化したのだ。

編集者をしていたときも、幾度となく血を吐いたことはあったのだが、自分を騙し続け、仕事を続けていた。そのツケが回ってきたのだろう。医師からは絶対安静を告げられて、しばらくは執筆も禁じられた。

その半年後の昭和八年十月、乱歩は二回目の休筆を終え、二年ぶりに活動を再開する。出版社からの依頼が相次ぎ、四作同時に書くことになった。そのなかの一本が「新青年」で連載されることになった『悪霊』である。「新青年」に乱歩の小説が載るのは、彼の最高傑作として名高い『押絵と旅する男』以来である。否が応でも期待は高まった。

だが連載が始まると、休載が相次ぐようになり、翌年には未完のまま連載が中止された。乱歩曰く「書いて行くにつれて、色々の矛盾が生じ、それを克服できなかったばかりか、それまで書いた部分を読み返して見ると、われながら少しも面白く感じられないので、私の癖の熱病のような劣等感におそわれ、どうしても書きつづけられなくなってしまったのである」とのことだった。

私はそれを知って大いに憤った。そのころは、少しは良くなっていたので、細々と書いていたのだが、それでも執筆は制限されていた。私と違って、乱歩は自由に書けるはずなのに、この体たらくは何なのか。怒りにまかせて、雑誌のコラムにこんなことを書いてしまった。

『復活以後の江戸川乱歩こそ、悲劇のほかの何者でもない。僕は一昨年彼が休筆を宣言するまでに書いたあらゆる作品に対して多大の同感と尊敬とを持っているものである』『ところが、二年間の休養を経て書き出した近頃の作品は、一体何というざまだ。何のために二年間も休養していたのだと云《い》いたくなる。全集で今までの仕事のしめくくりをつけたのを機会に、ゆっくり休養をとって、もっと自由に良心的な仕事に精進するのかと思ったら、反対に一先《ひとま》ず仕事のしめくくりはついたから、あとはどんな仕事をしてもよかろうというのじゃお話にならない』『江戸川乱歩はよろしく、「今書きかけている四つの長篇を、」全部あやまってもう一度休養に入るべきだ。それで食うに困るなら昔の生活にかえるがいい。それよりほかに救われる道はないと思う』

乱歩に喧嘩《けんか》を売ったのである。後に人づてに聞いた話ではあるが、この文を読んで、彼は驚き、大いに憤ったという。そのときのことを、エッセイにこう書いている。

『横溝君は私を買い被っていた一人として、それらの読者の代弁をするような意味でこの一文を投じたものと想像されるが、同君は一方に於《おい》ては同業者であり、個人的にも相当親しかるべき友達であったのだから、直接私に何もいってくれないで、いきなりこういうものを書いた彼のやり方は、無論私を少なからず不快にした。書いてあることは厳正には尤《もっと》も至極なのだけれども、衆人の前で鞭打たないで、先ず私を直接責めてくれるべきではなかったかと、今でもそう考えている』

彼の言い分はもっともである。知らぬ仲ではない。しかも療養しているときは、何度も見舞いに来てくれて、私を励ましてくれた。だから、苦言を呈するのなら、雑誌に載せるのではなく、直接会って言うべきだった。その点は大いに反省している。

あのときは、自分が満足に書けないという精神状態も手伝って、彼に怒りをぶつけてしまった。私は誰よりも乱歩のことが分かっている。そんな自負もあった。彼は誰も想像すらしない、驚天動地の傑作を創造してくれる。そう信じていた。彼に対する絶大なる期待があったからこそ、その反動であんな罵詈《ばり》雑言を書いてしまったのだ。乱歩は私の憧れであり、偉大なる目標だった。だから、不甲斐《ふがい》ない姿は見ていられなかったのだ。でも、結果的には彼を傷つけてしまった。申し訳ないことをしたと思っている。これに関しては、あとで直接会ったときに、きちんと詫《わ》びを入れた。乱歩もそれを快く受け入れて、水に流してくれた。

乱歩との感情的な衝突といえば、『本陣殺人事件』のときのことを思い出す。

私は、戦争中にディクスン・カーと出会い、なんとかカー式の本格探偵小説を書くことができないかと思案していた。それまでは、本格物は論理と理窟《りくつ》で縛られた窮屈なものであると考えており、魅力もあまり感じてはいなかった。日本の読者にも、本格物が受け入れられるとは思えなかった。だがカーの小説を読んで、その考えを改めることになった。カーの小説は、論理で構築されたれっきとした本格物であるのに、そこには小説としてのロマンがあった。これならば私にも書けるかもしれない。そう思い、日本を舞台にした、カー式の本格探偵小説を構想していたのだ。

だが時は戦争中である。探偵小説は軍部によって固く禁じられていた。私は岡山に疎開し、そこで終戦を迎える。ラジオで玉音放送を聞き、涙する村人たちの後ろで「さあ、これからだ」と意気込んだ。これでなんの制約もなく探偵小説が書ける。ディクスン・カーのような、ロマンのある本格物に挑戦するのだ。

それからというもの、私の頭のなかは探偵小説……それも本格探偵小説のことだけになった。最初は瀬戸内の島を舞台にしたものを書こうと考えていた。岡山を疎開地に選んだのも、そういった島々に行ってみようと思ったからだ。だが疎開はしてみたものの、結局どの島にも訪れることはなかった。もうそのときから私は乗り物恐怖症で、船で島に渡ることなど恐ろしくて無理だったのだ。

そんなとき、村に復員してきた一人の青年から、地元に伝わる怪談話を聞かされた。岡山のとある学校に伝わる琴の怪談である。詳しい内容は忘れてしまったが、琴という古めかしい純日本風の小道具が私の創作意欲をかき立てた。さらには疎開していた村の辺りは、昔は街道筋にあたっており、本陣の末裔《まつえい》の大きな屋敷があった。本陣と琴……。私が思い描いていた日本風の探偵小説の舞台と小道具は揃った。こうして私はすぐさまトリックを考え、戦後の長篇第一作となる『本陣殺人事件』を書き上げたのである。

日本で本格物は受け入れられない。そんな私の予想に反し、『本陣殺人事件』は大層な評判だったと聞く。というのも発表当時、私は岡山にいたので、それほどの実感はなかったのだ。だが連載が終わりかけたころに、すぐに次を書けと、新作の注文が来たので、その手応えを感じることができた。

次回作はまた、『本陣殺人事件』で初登場させた金田一耕助を探偵役にすることにした。彼を再登板させたのには、さしたる理由はない。正直にいうと、新しい探偵を考えるのが面倒だったからだ。それが後に、あんな人気者になるのだから、分からないものである。物語の舞台は、今度こそ瀬戸内の島にすることにした。島には行けなかったが、疎開先の村に、瀬戸内海のある島で学校の先生をしていた人物がいたので、その人から詳しい話を聞くことができた。島を舞台にしようと思ったのは、クリスティの『そして誰もいなくなった』と、乱歩の『パノラマ島奇譚』『孤島の鬼』への挑戦でもあった。こうして『獄門島』を書き始めた。

というわけで、気になるのは『本陣殺人事件』についての乱歩の感想である。私が書いた渾身《こんしん》の本格探偵小説を読んで、彼はどう思ったのだろうか。だが、先にも述べたように、私は当時岡山にいた。どこかで落ち合って、話を聞くというわけにもいかなかった。するとある日、乱歩から分厚い手紙が届いた。
　そこには『本陣殺人事件』の評論文の原稿が入っていた。「こういうものを書くんだが」と、あらかじめ雑誌に発表する原稿の控えを送ってくれたのだ。『悪霊』のときみたいにならぬようにと、配慮してくれたのであろう。期待と不安が入り交じる中、原稿に目を通した。長い評論なので、その一部を抜粋する。
『横溝君の「本陣殺人事件」が完結したので、最初から通読して色々感想があった。これは戦後最初の推理長篇小説というだけではなく、横溝君としても処女作以来はじめての純推理ものであり、又日本探偵小説界でも二三の例外的作品を除いて、殆《ほと》んど最初の英米風論理的小説であり、傑作か否《いな》かはしばらく別とするも、そういう意味で大いに問題とすべき劃期的《かっきてき》作品である』『この小説の美点を一言に尽せば、論理の網の目が細かい所まで行届《ゆきとど》き、極めて巧みに組立てられていて、少しもごまかしがないことである。又小説の興味の凡《すべ》てが論理の組立てに懸《かか》っていて、装飾らしい装飾が殆んどないことである』『純日本式雰囲気に於て「密室殺人」を描こうとした作者の意図は十分成功しているし、この点は大いに買うべきである。田舎の旧家の建物とその中に住む人々の夫々《それぞれ》に特徴ある性格、旧家の格式体面ということ、古風な結婚式、神秘なる琴の音、金屏風《きんびょうぶ》、琴爪、琴柱《ことじ》、琴糸、銘刀、水車、（この水車の音は作者が断るまでもなく、小説のはじめから絶えず聞えていた）論理の骨組とその背景、人物、トリックのメカニズムに至るまで
　悉《ことごと》く純日本的素材によって組立てられている点は見事であった』
と好意的な感想が並べられている。これを読んだときは、正直嬉しかったのだが、それもここ

までであった。評論の続きを読むと……。

『以上はこの小説の長所について私の感じたところを列挙したのであるが、そういう多くの長所があるにもかかわらず、又この作風は私の唱道する所のポー、ドイル直系の本来の推理小説の典型的な形体を備えているにも拘《かかわ》らず、私はこの小説の読後、無条件に喝采《かっさい》を送ることが出来なかった。よく出来てはいるが、欧米の傑作に比べては何かしら大いに物足りない所があった。「赤毛」や「Y」や「アクロイド」やカーの傑《すぐ》れた作などとはまだ相当の距離があるように感じられた。この感じは一体どこから来るのであろうか。それを、今私の気附いた限りに於て解剖《かいぼう》して見たいと思う』

　として、次に不満点を長々と列挙したのだ。それについては、『本陣殺人事件』をまだお読みではない方もいると思うので、ここでは具体的な引用は避けることにする。要約すると、密室トリックが「機械的に過ぎる」という点と、「犯人の動機が不自然」ではないかということだ。さらには、乱歩が思う探偵小説の魅力とは、犯罪者の想念が描き出される「悪の文学」であるのだが、『本陣殺人事件』にはその魅力がほとんど感じられないと指摘する。「悪」の想念が乏しい探偵小説は、その本来の性格に反しているので、物足りなく感じるというのだ。そのほかにも、欠点と感じた部分を挙げて、こう締めくくった。

『「本陣」のような正系推理小説は何となくゴツゴツして、理窟っぽくて、作りものの感じが目立つのを免れない。（中略）論理小説に作りものの感じが目立つとすれば、それはまだ作者の力が足りないのである。我々は論理の正道を捨てることなく、しかもこれらの難点を征服して行かなければならない。そこに正系推理小説を志すものの荊棘《けいきょく》の道がある』

私はこの批評文を読んで、二つの相反する感情にとらわれた。

ひとつは、最後まで読んだとき、胸元にナイフかドスを突き立てられたような気持ちになったことだ。文章の行間から、乱歩の心情が見え隠れして、ぞっとしたのである。乱歩としては、突如私がこのような本格物を書いたので、さぞかし驚いたのではないかと思う。批評のなかで彼は私のことを、『広く英米推理小説に通暁《つうぎょう》し』『彼の推理小説観賞眼を察し得るのであるが』『自作としてはそういう英米風の理窟っぽい長篇を一つも書いていない』として、『この人はこういう風にしか書けない作家かも知れぬと考えていた』と評している。だから、驚きを隠せなかったのだろう。自分が書きたかった本格探偵小説を、弟分のような存在である私が先に書いたのだ。常日頃から、探偵小説の本道は本格であると言い続けていた乱歩である。きっと戦前の当局の規制がなければ、彼が本格物を手がけていたことは想像に難くない。だからこそ、『本陣』の欠点が目について、このような評論になったのではないかと思う。

横溝正史とは、江戸川乱歩が生み出した作家であると述べて異論はない。その私が、本格物を書いたのだ。本来ならば、手放しで喜びたいという気持ちがあったとは思うが、その一方で、先を越されたという感情があったやもしれぬ。横溝作品を認めるということの苦痛と喜び。ある意味、嫉妬めいた感情すら、この批評からは感じ取れた。だから、空恐ろしくなったのだ。

もうひとつは、それとは違う真逆の感情である。その感情とは、ここまで乱歩が真剣に『本陣』を読んで批評してくれたという「喜び」であった。多くの欠点を指摘されたのだが、それでも彼の言葉は、私にとっては至宝の玉に等しかった。私は乱歩からの手紙が届いたその日の日記に、こう記している。

『今日は嬉しき日なり』

そして私は思った。次こそ、彼を納得させる作品を書いてみせよう。乱歩が舌を巻くような本格探偵小説を。参りましたとひれ伏す作品を。

負けるもんか。負けるもんか。負けるもんか。

髭を剃《そ》っているときも、顔を洗っているときも、ご不浄に行っているときも、そう呟きながら、乱歩のことを考えていた。彼の批評は、私の闘志を激しくかき立てたのだ。そんな思いで、私は次作の『獄門島』に取り組んだのである。

がたんがたんと電車の振動が身体に響く。

時間が経つにつれて、乗客の数も次第に増えていった。私は座席の片隅で一人、水筒のなかの酒に口をつけている。乱歩とのことを思い出し、心に溢れていたさまざまな感情を、酒で押し流している。

あれから私は東京に居を移し、来る日も来る日も探偵小説の執筆に明け暮れた。『蝶々《ちょうちょう》殺人事件』『獄門島』『八つ墓村』『犬神家の一族』『女王蜂』『悪魔が来りて笛を吹く』……。江戸川乱歩を目標に、彼が「参りました」とひれ伏す小説を生み出すべく、執筆を続けている。

だが乱歩の方は、しばらくまともに小説を書いていない。終戦からもう九年になるが、その間に彼が執筆した小説は、『青銅の魔人』などの少年物や翻案、ほかの作家との連作を除けば、『断崖』という短篇だけである。長篇に至っては、戦前から、十五年も新作を出していないのだ。

江戸川乱歩が作家になって、今年で三十一年になる。だがその間にも休筆を繰り返しているので、実際に小説を書いていた時期は正味十年くらいだという。本人は「小説なんか運で出てくるもので、努力して出てくるものではない」「書きたいときに書く」と言うが、それがいつのことになるやら分からない。江戸川乱歩が書かなくては、日本の探偵小説の未来はありえない。

　そして今回の事件である。繊細な彼は、事件との関係を取り沙汰され、今度は絶筆するとまで言っている。乱歩が書かなければ、私はなんのためにこれまで、探偵小説を続けてきたか分からない。江戸川乱歩は〝横溝正史〟の創造主であり、最高の理解者であり、最大の好敵手なのだ。乱歩という高い壁があるから、その壁を乗り越えようともがき続ける。探偵小説を書くのは、乱歩がいるからなのだ。それ以上でもそれ以下でもない。

　だから何としてでも、今度の事件の真相を白日の下に晒さなければならない。そして、探偵小説の汚名をそそぎ、乱歩の絶筆を撤回させなければならない。

　水筒の酒も残り少なくなった。残りの酒を一気に喉元に流し込む。江戸川乱歩のことが、頭から離れない。

　私が心を塞いでいたときに、颯爽と目の前に現れた人。もっとも愛すべき人であり、もっとも憎らしい人。初めて会ったときから感じていた、人を惹きつけてやまない魅力の正体とは何なのか。彼が決して明かすことのない、仮面の奥に隠し続けている本当の顔とはどんなものなのか。それを垣間見《かいまみ》ることができたのは、放浪の旅に同行していた岩田準一という男だけだというのか。

　岩田準一は、美しい顔立ちの青年であった。乱歩の陰には、いつも美青年の姿がある。今度の事件もそうだ。家族を皆殺しにして、さらに貴和子を殺害して逃亡しているとされるＸという男も、類い希なる美少年だったという。

一体それは、何を意味しているというのか。

失踪

危惧していたことが起こった。

いや、それはもちろんあらかじめ想像していたことではあるが、実際にその事実を聞かされると、私は不安に苛まれてしまった。

知人の編集者から電話があり、乱歩が失踪したという連絡を受けたのだ。家族にも知人にも行き先を知らせず、どこかへ姿をくらましたという。

戦後になって、初めての失踪である。乱歩と付き合いのあった編集者や作家仲間は大騒ぎしているそうである。この前、彼から絶筆を宣言されたときから、悪い予感はしていた。

夕刊にはこんな記事が載った。

> 江戸川乱歩氏　失踪か？
> 首なし遺体事件に関与の疑い
>
> 十六日午前九時すぎ、池袋在住の小説家・江戸川乱歩（本名・平井太郎）氏（五十九歳）の行方が分からなくなったとの通報があり、警察が捜索に乗り出した。

家族によると、十四日の夜に外出してから、家に戻っていないという。江戸川氏は、行き先を誰にも告げておらず、書き置きのようなものも残されていない。家族は、知人や関係各所に連絡したが、居所は分からず、現在も音信不通の状態が続いているとのことだ。

江戸川乱歩氏は、大正十二年に処女作である『二銭銅貨』を発表、以後『Ｄ坂の殺人事件』『陰獣』『一寸法師』などの、猟奇的な殺人事件を題材にした探偵小説で人気を博している。さらに、今月十日に鬼塚貴和子さんの首なし遺体が見つかった事件で、被害者と密接なつながりがあったとして、その関係が取り沙汰されていた。警察は事件との関連も視野に入れて、慎重に江戸川氏の行方を捜索している。

私は記事を読んで憤った。まるで乱歩が犯人であるかのような書き方である。

とはいえ、彼が絶対に事件に関与していないかと問われたら、断言することはできない。私も最初は、二人の交際を疑っていた。彼がなんらかの形で、この事件に関わっている可能性は否定できない。

もしかしたら乱歩は本当に……。

いや、そんなことは絶対にない。絶対にないはずなのだ。

それにしても、彼のことが心配である。乱歩はどこに消えたのか。

傷心を癒やすため、かつてのように日本各地を放浪する旅に出たのか。それとも、都会の片隅にあるような、うらぶれた安ホテルに身を隠しているのか。

ふとまたあの想像が頭をもたげる。もし乱歩とＸの間に、何か関係があったとしたら……。彼は今、逃亡しているＸと行動をともにしているのだろうか。それともＸが、この事件と深く関わっている乱歩のことを……。

いずれにせよ、万が一のことがないようにと祈るばかりだ。

乱歩のことを思い、焦燥にかられる。このままでは事態は悪化するだけである。本当に事件の真相は明らかとなるのだろうか。貴和子を殺したのは誰なのか。彼女の生首はどこに消えたのか。そして江戸川乱歩はいまどこにいるのか。

文《ふ》机《づくえ》の抽斗を開けて、乱歩から渡された写真を取り出す。一糸まとわぬあられもない姿で、艶《なま》めかしい笑みを浮かべる貴和子。

それを見ながら、私はただひたすらに、途方に暮れていた。

原稿はここで終わっていた。

最後の一枚を、原稿の束の後ろに戻すとため息をついた。

最後に書かれた横溝正史の言葉。

――私はただひたすらに、途方に暮れていた――

和真も全く同じ気持ちである。

自分の身に一体何が起こっているのか。考えれば考えるほど、頭が混乱してくる。少しでも手がかりを得たいと思い、最後まで目を通したが、余計に分からなくなってきた。

その後、鬼塚貴和子殺害事件は解決したのだろうか。逃亡しているXという人物は逮捕されたのか。原稿のなかには、そこまで記述されていなかった。結局、事件の真相は分からずじまいである。

これから一体どうすればいいのだろうか。

この生首の女は鬼塚貴和子なのか。それとも別の誰かなのか。

和真は頭を抱える。

原稿に挟んであった鬼塚貴和子の写真と、生首の女の顔は寸分違わず同じである。このことにより、この女の生首は、原稿のなかに記述されていた、行方が分からなくなった貴和子の頭部であることが否定できなくなった。

でも、本当にそんなことがあるのだろうか。鬼塚貴和子の殺害が行われたのは、昭和二十九年のことなのだ。バッグのなかの生首は、皮膚も髪の毛もあり、眼球も腐り落ちてはいなかった。もしこれが、行方が分からなくなった貴和子の頭部であるならば、ミイラや髑髏《どくろ》のようになっているはずなのだ。冷凍して保存していたのではないかとも考えた。だがいくら冷凍していたとしても、半世紀以上も、生前の面影が分かるほどに維持し続けることができるとは思えない。

冷静に考えると、あの生首が鬼塚貴和子であるとは考えにくい。

やはりあの生首は貴和子ではなく、別の女性なのではないか。

誰かが、過去に殺害された鬼塚貴和子の容貌と合致する女性を探し出し、殺害して頭部を切り取ったのだ。うなじの二つのほくろは、貴和子に見せかけるための入れ墨か何かなのである。つまりバッグのなかの女の生首は、失われた鬼塚貴和子の頭部を〝偽装〟したものだったのである。

いや、もしかしたら偽装されたのは生首だけではないのかもしれない。バッグに入っていた原稿すらも、偽装されたものなのではないか。

江戸川乱歩と横溝正史が巻き込まれたという殺人事件。荒ら家の古井戸に放置された、首のない女の全裸遺体。正と邪の闘いに苦悩する美青年の殺人鬼……。それらはまるで、彼らが書く小説のなかのような出来事である。

だから、読んでいる途中でふと思ったのだ。もしかしたらこの原稿のなかの記述は、現実に起こったことではなく、横溝正史が書いた創作なのではないかと。横溝が、江戸川乱歩との交流を追想する随筆風に書かれているが、実はこれは、そういった体裁の小説である可能性はないのだろうか。

よく考えてみると、江戸川乱歩と横溝正史が、このような事件に巻き込まれたとは、聞いたことのない話である。もし本当に起こったものならば、重大事件として語り継がれていてもおかしくはないはずである。ただ、自分が知らないだけなのかもしれないが。まあいい、後で調べれば分かることだ。

それに、この原稿の記述者は横溝正史になっているが、それも本当かどうかは分からない。別の誰かが、横溝の名を騙《かた》って書いたのかもしれない。

もしこれが創作だとしたら、鬼塚貴和子は実在していない、架空の女性ということになる。やはり生首の女は貴和子などではなく、うなじの二つのほくろも、入れ墨か何かを入れて、原稿のなかの貴和子の描写を忠実に再現したものなのだ。

いや、ひょっとしたら、二つのほくろはもともと生首の女のうなじにあったもので、その事実をもとにして、この原稿が書かれた可能性もある。生首の女の特徴を、鬼塚貴和子という架空の登場人物の描写に利用したのだ。つまりは、やはりこの原稿は横溝正史が書いたものではなく、誰かが彼の名を騙り、〝偽装〟したものなのだ。

そのように考えれば、「昭和二十九年に殺害された女の生首が、生前の面影を残したまま自分のバッグのなかに入っている」というパラドクスは一応解決される。

だが、それでも疑問は残る。

バッグのなかの女が、鬼塚貴和子ではないとしたら一体誰なのか？　彼女はなぜ殺害され、首を切断されたのか。

さらに疑問なのは、誰がそんな手の込んだことをしたのかということである。何が目的で、わざわざ架空の事件を考え、何百枚にも及ぶ原稿を書いたのか。しかも、そこに江戸川乱歩と横溝正史まで登場させて。そしてそれをなぜ、自分に持たせたのか。一体そこに、どんな意味があるというのか。

そうなのだ。原稿のなかで起きた事件が架空のものだとしても、現実に起こったことであっても、執筆者が横溝正史であっても、そうでなくても、生首の女が鬼塚貴和子だったとしても、彼女ではなかったとしても、事態は何ひとつ解決していない。

今、自分の足下にあるバッグのなかに、胴体から切り落とされた女の頭部が入っていることは、紛れもなく現実であり、決して虚構や空想などではないからだ。

一体誰がなんのために、バッグに女の生首と原稿を入れたのか。そして自分を拉致したのは何者なのか。皆目見当がつかない。

この生首の女は鬼塚貴和子なのか。それとも別の誰かなのか。

貴和子だとしたら、なぜ何十年も前に切断された生首がここにあるのか。

別の誰かだとしたら、なぜ写真の貴和子と酷似しているのか。

原稿に書かれた出来事は現実に起こったことなのか。そうではないのか。

見上げると、空は真っ赤に染まっていた。

日没が迫っている。鮮血のような赤い空を背景に、さっきの烏がまた旋回を繰り返していた。それも一羽だけではない。いつの間にか、五、六羽の仲間が集まっている。バッグのなかの生首を狙っているのだ。死肉の臭いを嗅ぎつけて、飛んできたに違いない。人間は誤魔化せても、動物は欺けないということなのか。

これ以上、ここにいるのはまずい。

追い立てられるように、原稿の束を封筒に入れる。バッグのファスナーを開けると、油紙に包まれた青白い女の顔が現れた。

虚ろな目でこちらを見ている。

力任せにバッグのなかに封筒を押し込んだ。あわててファスナーを閉じると、女の顔は視界から消える。バッグを手に、静かに立ち上がった。

そして和真は、その場を後にしたのである。

＊　＊　＊

「少し休憩されますか」

「いえ、大丈夫です。続けましょう」

某大学のカフェテリア――

取材を始めて、一時間ほどが経過していた。

ＩＣレコーダーは作動し、取材対象者の肉声を記録している。

「このように発見された原稿は、とても貴重なものなんです。昭和二十九年と言えば、乱歩と正史の不仲が噂されていた時期でした。作家仲間の間では、正史の方が乱歩を避けていたという噂もあります。ただし横溝正史のご遺族によると、確執などなかったのではないかという証言もあるんです。二人は手紙のやりとりを頻繁にしていましたし、乱歩が仲間を集めて、彼の家で宴会を開いたこともあったそうです。正史が病気で外出を控えていたので、寂しいだろうとの思いからだったのでしょう。いずれにせよ、二人の関係は不明とされる部分が多いんです。だからこの横溝正史が、江戸川乱歩について書いたという原稿の記述は、とても重要なものだといえるのでしょう」

「なるほど。お詳しいですね」

「いえいえ、僕はただミステリや乱歩と正史に興味があるだけです。研究本などで仕入れた付け焼き刃の知識ですから。僕は本当に、二人のことを偉大だと思っているんです。今ある日本のミステリ小説のすべてや、謎解き要素のある映画やドラマ、マンガやゲームなどのエンタテインメントはみな、乱歩や正史の影響下にあることは間違いありません。二人がいなければ、東野圭《ひがしのけい》吾《ご》や綾辻行人《あやつじゆきと》などの名だたる人気作家もミステリを書いていないでしょうし、『名探偵コナン』も生まれることはありませんから」

　目を輝かせて、取材対象者は話している。私が彼に言う。

「原稿を読んで印象的だったのは、横溝正史の生い立ちです。正史の両親が、もともとは岡山の対立する旧家にいて、不倫の末に駆け落ちした話や、腹違いの兄弟らと暮らしたことなど、横溝文学で描かれる重要な要素は、彼の生い立ちと深く関係していたのですね」

「そうなんです。岡山が舞台で、旧家の対立が描かれているのは『獄門島』や『八つ墓村』が有名ですね。腹違いの兄弟といえば『犬神家の一族』でしょうか。あ、そうだ。正史と神戸で暮らしていた『岡山にいた父の先妻の子』というのは歌名雄《かなお》という名前でした。『悪魔の手毬唄《てまりうた》』の重要な登場人物である『歌名雄』は、正史の腹違いの兄の名前から取られたというわけなんです」

「なるほど、そうだったんですね。さらに印象的だったのは、江戸川乱歩は、現実の事件が起きた際に自分の名前や小説が取り沙汰されるのを、嫌っていたという話です」

「『うつし世は夢、よるの夢こそまこと』の言葉どおり、乱歩は現実よりも虚構の優位性を尊いものだと考えていましたからね。その一方で、正史は現実に起きた事件をモデルにした作品を多く手がけています。『八つ墓村』や『悪魔が来りて笛を吹く』がその格好の例でしょう。『八つ墓村』は昭和十三年に起きた津山《つやま》三十人殺し、『悪魔が来りて笛を吹く』は、昭和二十三年に起きた帝銀事件《ていぎんじけん》から着想を得ています。でも江戸川乱歩も、全く現実の事件を題材にしなかったのかというと、そういうわけではありません」

「と言いますと？」

「実は乱歩にも、現実にあった事件から着想したのではないかという小説が存在します。その事件は、大正六年に東京で起きた出来事です。ある日、二十三歳の若妻が、瀕死《ひんし》の重傷で病院に運ばれてきました。全身を二十ヵ所以上も刺され、手足の指も何本か欠落していたのです。数日後若妻は死亡し、夫が逮捕されました。警察は夫が妻を虐待し、死に至らしめたと考えたのです。だが司法解剖にあたった法医学者は、それに異を唱えました。若妻の傷はすべて、左右対称、前と後ろに整然と並べられたように付いていたからです。嫌がっていたり、逃げだそうとしたら、このような傷になるはずはありません。傷を付けるときに、被害者の同意と協力があったと考えるのが自然なんです。つまりこの遺体の傷跡は、彼女がそれを望んでいたことの証にほかならなかった。夫によると、妻から『傷つけてほしい』と懇願され、犯行に及んだといいます。つまり彼女は極度のマゾヒストだった。二人は肉体を傷つけたり、痛みを感じたりすることで愛を確かめ合っていたというんです。手足の指を切断したのも、その行為がエスカレートした結果だったそうです。乱歩はこの事件から着想を得て、ある小説を書いたといわれています」

　このあと、取材対象者の口から、その小説についての具体的な話が出たが、ここではそれを割愛することにした。題名を記すと、結末を知らない方の興を削ぐ恐れがあるからだ。その作品を読んだ方は、これが乱歩のどの小説なのか、すぐに分かるはずである。

「原稿のなかに記述されていた、江戸川乱歩と同性愛の関係についても、とても興味をそそられました」

「そうですね。かつて日本では男色は盛んに行われていたといわれています。最初は女人《にょにん》との交わりを禁じられていた中世の寺院で始まり、戦国時代には武士の間でも流行しました。江戸時代前期には、衆道《しゅどう》と呼ばれ、男性同士の恋愛が盛んに行われていたといいます。乱歩と岩田準一は、その事実に興味を抱き文献を集めていたのです。岩田はおもに日本の男色について研究しており、乱歩は西洋の古代ギリシアやローマの同性愛について調べていたようです」

　取材対象者は話し続ける。

「このように乱歩の作品には、同性愛や少年愛が重要なメタファーとして内包されているのです。『孤島の鬼』もそうですが、明智小五郎と『少年探偵団』の小林《こばやし》少年の描写も、それを彷彿《ほうふつ》とさせるものがあります。明智は妻帯者ですが、妻の文代《ふみよ》は小説にはあまり登場しません。彼の身の回りの世話をするのは、十五、六歳のリンゴのような頬をした可愛らしい小林少年なのです。『化人幻戯《けにんげんぎ》』では、文代は病気で療養所にいるとして、明智は小林少年と二人きりの生活を楽しんでいるほどなのです」

「なるほど、『少年探偵団』にも、乱歩のそういった趣味が投影されていたのですね」

「そうなんです。ちなみに横溝正史の小説にも男色や同性愛が題材として取り上げられることがあります。『犬神家の一族』の若き日の犬神佐兵衛《いぬがみさへえ》と那須《なす》神社の神官である野々宮大弐《ののみやだいに》が、衆道の契りで結ばれていたことが、その代表的な例ですね。正史が男色を題材にするのは、『江戸川乱歩の影響ではないか』とよく聞かれたようですが、どうやらそれは違うようです。幼いころに読んだ、草双紙《くさぞうし》（江戸時代に書かれた大衆向けの絵入りの小説本）や読み本に書かれていた、男色物や衆道話の影響なのだという記述が彼の随筆にあります」

「そうなのですか。本当によくご存じなのですね。それでは、さっきの話の続きをお聞かせ願えますか？　あなたの友人の井川和真さんは、その後どうされたんでしょうか？」

　私がそう言うと、彼はじっとこちらを見据えた。そしてまた、口を開いた。

「分かりました。和真は公園を出て、また都心の道を歩き出したということです。それから彼は……」

　取材相手は語り続ける。

　井川和真という青年が体験した、恐るべき出来事の顚末と、想像をはるかに超えた数奇《すうき》な結末を……。

＊　＊　＊

　以降の記述は、横溝正史の原稿に記されていた、昭和二十九年二月に起きた「巣鴨・首なし女性遺体遺棄事件」のその後についてまとめたものである。

　また取材対象者の証言をもとに、原稿の発見者である井川和真さんのそれ以後の行動についても、適宜描写を加えた。

第二章

車のヘッドライトが目映い。建ち並ぶビルの窓にも、灯りが灯《とも》り始めている。

宵闇が迫っていた。

都会の道路――

和真は雑踏のなかを、両手でバッグを抱え歩いている。バッグのなかには女の生首。そのことを悟られぬよう、気配を押し殺して進んでいく。

一体これからどうすればいいのか。答えを見出せないまま、彼は彷徨い続けている。

脳裏に浮かぶのは、あどけない顔で笑う女性。もっとも大切な人。自分にとってかけがえのない女性……。

彼女は今どうしているのだろうか。

和真は不安にかられる。もしかしたらもう二度と会えないのではないか……。

いや、そんなことはない。心に浮かび上がった不安を必死に振り払う。

きっと打開策はあるはずである。自分がおかれた状況を見事に解決する名案が、生首の女の謎を解き明かす答えが存在するに違いないのだ。

そんな思いを抱きながら、和真は夕暮れの道を進んでいく。

勢いよくドアを開いた。

黒光りするマホガニーのデスクへと向かっていく。息を切らして、卓上のレターナイフを取った。手にしていた手紙の封を切る。

窓からは、柔らかな午後の光が差し込んでいる。先ほどまでは天気はあまりよくなかった。いつの間にか雲は消え、澄み切った青空が顔を覗かせている。だが天気とは違い、彼の心は決して穏やかではなかった。

上品な口髭に銀縁眼鏡をかけた、一人の長身の男。その彫りの深い精悍な顔立ちは険しくゆがみ、怒りと動揺に溢れている。届いたばかりの手紙を持つ手も、わなわなと震えていた。

また脅迫状が届いたのである。鬼塚宗一朗は、手紙を手にしたまま、革張りの椅子に座り込んだ。

一体何が起こっているのか。眉間に皺を寄せたまま、改めて手紙に目をやる。乱暴な殴り書きの文字。さらなる憤怒《ふんぬ》が、心の奥底から込み上げてくる。すると……。

その感情を揺さぶるかのように、ノックの音がする。

「どうした？」

乾いた声で宗一朗は言う。

ドアが開き、家政婦が顔を出した。風間絹代の後釜の女性である。

「お客様がお見えです」

「客？　今日は誰とも約束した覚えはないはずだが」

家政婦が、申し訳なさそうに言う。

「横溝正史先生です。どうしても、先生にお目にかかり、お話ししたいことがあるそうで」

居間に行くと、和服姿の小柄な男が、宗一朗を待ち構えていた。

横溝正史である。人の良さそうな笑みを浮かべて、ソファの真ん中に腰掛けている。挨拶もそこそこに、宗一朗は彼に言う。

「今日は、どういったご用件でしょうか」

正史の表情が曇った。

「ええ、それがちょっと困ったことになりましてな」

関西弁まじりの声で言う。彼が続けて話そうとすると、宗一朗がそれを遮る。

「江戸川乱歩先生のことでしょう。新聞で知りましたよ。行方不明になったとか……。私も気に病んでおります。まだ連絡はないんですか」

「ええ……ありません。家族や知り合いは、方々行方を捜しているのですが、どこにいるか皆目分からない状況で。でも違うんです。今日お伺いした理由は、乱歩さんのことやなくて、私の原稿のことなんです」

「原稿のこととは？」

「この前言いましたやろ。乱歩さんのこととこの事件について、書いていると。机の抽斗に入れといたはずなんやけど、いつの間にかなくなっていて。泥棒にでも入られたんやろかと思て」

「それは大変ですね。でも、なぜ私のところへ」

「どこかへ持ち出したのかもしれへんと思い、方々を探しているんです。この前来たとき、ここに置き忘れたんやないかと」

「いえ、何もありませんでしたよ」

「そうですか……それは困りましたな。やっぱり盗まれたんやろか。手元に残ったのは、表紙と書き始めの数枚のみ。犯人はよほどあわてていたのか、その部分は忘れていったみたいですな。あれはとても大切なものなんです。原稿には、乱歩さんとの思い出がいろいろと書いてあります。彼は私にとってかけがえのない友人やから。一刻も早く事件を解決して、乱歩さんの汚名をそそがなあかんと思っています。それと、探偵小説にかけられた嫌疑も晴らさへんと」

「その話はもうやめましょう。私の考えは変わりません。いずれにせよ、Ｘが捕まればすべてが分かることです。その上で、しかるべき処置を取らせていただければと考えています。横溝先生には申し訳ないが、現に私の妻が殺されているんです。探偵小説が社会に悪い影響を与えるものだとしたら、断じて見過ごすわけにはいきませんから」

「確かにそうですな。事件の真相が鬼塚さんのおっしゃるとおりなら覚悟しております。このまま探偵小説を書き続けるのは難しくなると。それに、もし乱歩さんがなんらかの形で、事件に関係しているんやとしたら、探偵小説の立場はさらに危うくなるでしょうな。事態は深刻です。もちろん、私は彼のことを信じていますが……」

　すると正史は言葉を句切った。身を乗り出すと、声を潜めて言う。

「ただし、ここだけの話、心のどこかでは、もしかしたら彼が事件に関与しているのではないかと思うこともあります。そうやないことを願ってはおりますが、彼が失踪してしまった今、その疑念を拭い去ることはできません」

「心中お察しします。私も、江戸川先生が事件に関係しているとは考えていませんよ。あれは雑誌が面白《おもしろ》可笑《おか》しく書いているだけでしょう。いずれにせよ、Ｘが捕まれば分かることです。それにしても、原稿のことは心配ですね。警察には届けられたんですか」

「いや、届けていません」

「どうしてです？　大切なものなんでしょう」

「実は原稿のことはどうでもいいんです。あんなものまた書けばいいのですから。私の頭のなかにはちゃんと、乱歩さんとの記憶は残されていますから」

　訝しげな顔で宗一朗は言う。

「では今日は何の用があっていらしたんですか？」

「いや、私なりにね、事件の真相について考えてみたんです。まあ、こうみえても探偵作家の端くれですから。ああ、もちろん分かっています。探偵小説を書くんと、現実の事件を推理するのは大分勝手が違うことは。それでも私は必死に考えたんです。それで、なんとかこれが事件の真相やないかという推理にたどりついたという次第でして」

　すると、宗一朗は不快な顔を浮かべて、

「だから、もうそんなことはやめてください。事件の捜査は警察がやっていますから」

「それは分かっています。でも、どうしても鬼塚先生のご意見をお伺いしたいと思って」

「いい加減にしてください。もうこれ以上、私どものことに首を突っ込むのをやめてもらえませんか」

「いや、それはちょっと無理なんです。先ほども申しましたように、私のかけがえのない友人である江戸川乱歩に嫌疑がかけられています。もし彼が事件に関与しているとしたら、私は友としてその真相を知らなければならない。それに探偵小説のこともあります。あなたの言うように、探偵小説が事件の元凶やとしたら、私ら探偵作家も責任を取らなあかんでしょう。だから、知らなければならないんです。事件の真相を……」

「責任を取る？　ということは、この事件の原因が探偵小説の影響であることが証明されたら、あなたは探偵小説を書くことをやめるというのですか」

挑むような目で、宗一朗は正史を見る。その視線を受けて、正史が言う。

「ええ、その覚悟はあります。だから、こうして真剣に事件のことを考えているんです」

「分かりましたよ。それではあなたの推理とやらをお聞かせ願えますか」

「ありがとうございます。寛大なご配慮に感謝のしようもございません」

丁寧に頭を下げると、正史は言葉を続ける。

「私の推理では、犯人はやはりXではありません」

「Xではない？　では一体誰なんです」

「探偵小説における『首のない死体』のトリックはご存じやろか」

「いえ、私は探偵小説のことはよく知りませんので」

「そうでした。ほんなら説明しましょう。探偵小説にはよく『首のない死体』が登場する作品があります。その場合、ほとんどの作品が『被害者と加害者が入れ替わっている』という結末を迎えるんです」

「入れ替わっているとはどういうことです？」

「被害者と思っていた人物が犯人であり、犯人と思われていた人物が被害者なんです。首を切り取ったのは、犯人が『自分は死んだ』と周囲に思わせるためで、その偽装を見破られない限りは、犯人は永遠に捕まることはないという、探偵小説における古典的なトリックです」

　納得のいかないような顔で、宗一朗は言う。

「話がよく分かりませんが。あなたは何を言いたい」

「私はこの事件において、一体なぜ遺体の首が切断されていたのか、ずっと考えていました。もしかしたら、犯人は探偵小説における『首のない死体』のトリックを現実の事件に応用したんやないかと。そうとしか思えなくて」

「被害者が犯人……ということは、先生は貴和子が犯人だとおっしゃるんですか」

「ええ、貴和子さんは探偵小説をよくお読みになっていた。そやから、『首のない死体』のトリックもご存じだったんやないかと」

「では被害者は一体誰なんです。入れ替わったというが死亡したのは女性でした。Ｘは男ですよ」

「遺体の主は、風間絹代さんやないかと思っております」

「馬鹿なこと言わないでください。妻の遺体は私が確認したんです。貴和子に間違いありませんでした」

　正史が、じっと宗一朗を見据えて言う。

「本当にそうでしたか」

「夫の私が見紛うはずはない。横溝先生、もうこれ以上私を苦しめるのはやめてもらえませんか。もしあなたの言うとおりだったら、それはどんなに喜ばしいことでしょう。たとえ犯人でも、貴和子は生きているということなのですから。もちろん手放しに喜ぶべきことでないのは重々承知しています。亡くなったのが絹代だとしたら、可哀想《かわいそう》でなりません。でも残念ながら、それは現実ではありません。妻は亡くなったんです。あなたの推理は、死者をも冒瀆《ぼうとく》する戯《ざ》れ言《ごと》にすぎません。言葉を慎んでください」

そう言うと彼は正史を睨みつけた。怒りが伝わったのか、正史が居住まいを正して言う。

「これは失礼しました。……そうなんです。実はこの推理は、一度乱歩さんにもお話ししたことがあるのですが、真っ向から否定されたんです。もし貴和子さんが犯人やとしたら、動機は一体何だったのかと。なぜ、遺体の首を切り落としてまで、自分が死んだことにする必要があったのかと……。でも、改めてこの事件のことを考えると、どうしても『首のない死体』のトリックを使ったとしか思えなくて。それで、先生に訊けば何か手がかりが得られるかもしれないと考え、お話ししたんですが」

申し訳なさそうに、正史が言葉を続ける。

「でも、やはりあなたの言うとおりやないかと思います。失礼な発言をしてしまい、誠に申し訳なかった。本当に面目ない」

「お分かりいただけたのなら結構です」

「でも私の推理が違っているとしたら、なんで犯人は、わざわざ被害者の首を切り落としたんやろ。そのことについてはどうお考えですか？」

「もういい加減にしてください。ここであなたと事件のことについて議論するつもりはない」

構わず正史は話し続ける。

「こういう推理はどうでしょう。例えばＸと貴和子さんは、あなたの知らないところで密会していたとしたら。彼は、貴和子さんに異常な恋愛感情を抱いていた。遺体から頭部を切り落として、それを所有したいというほどに倒錯した感情を……。なにか思い当たる節はありましたか？」

「だからもうやめてください。犯人像を分析することが私の仕事ですが、この事件に関しては、それがどんなにつらいことなのかを、どうかご理解ください。なぜ遺体の首を切り落としたんだとか、妻とXが通じ合っていたのではないかとか、あなたの質問はどんなに無礼で、被害者を侮辱しているのかお分かりですか。もうこれ以上、私たちを苦しめないでください」

宗一朗の目に、涙がにじんでいる。

「私は妻を殺されたんですよ。できることならもう思い出したくはないんです。でも目を閉じると、すぐに浮かび上がってくるんです。首から上が失われた無残な妻の姿が……。あなたに私の気持ちが分かりますか。私は貴和子を愛していた。それは嘘《うそ》偽りない事実ですから。そして今でも彼女のことを愛しています。叶《かな》うことならば、もう一度彼女に会いたい、この手で抱きしめてやりたい……」

そう言うと彼は、唇を嚙みしめた。

「だから、もう事件のことを詮索するのはやめてもらえますか。そっとしておいてください」

「分かりました。ご気分を害すようなことばかり言って、申し訳ございませんでした。あ、最後にひとつよろしいでしょうか。実は、先生にお話ししておきたいことがあるんですが」

宗一朗は、正史を睨みつけ言う。

「もういいでしょう。いい加減にしてください」

「いえ、実はあなたに謝らなければならないことがありまして……。本来ならば、この前にお会いしたときにお伝えしておくべきことやったかもしれへんのですが……」

苛立ちまじりの声で、宗一朗が訊く。

「一体なんですか」

「実は私、乱歩さんから一枚の写真を預かっておりました。彼が初めて貴和子さんと会った後に、自宅に送られてきた写真だそうです。そこに写っていたのは、貴和子さんやったんですが……」

「妻が？　どんな写真だったんです」

「それが、ちょっと申し上げにくいんやけど……」

声を潜めて正史が言う。

「奥様は服を何も着ていらっしゃらなくて、生まれたままの姿で撮影された写真でございまして……」

宗一朗の表情が変わった。

「裸だったっていうんですか」

「そうなんです。私もそれを乱歩さんから見せられたときは、大層驚きまして……。変に疑われるのは嫌やから、持っていてくれと写真を押しつけられて」

「どうして、そんな大事なことを今まで隠していたんです。その写真を見せてもらえますか」

「申し訳ない。今は手元にないんです。なくさへんようにと原稿の間に挟んでおいたので、一緒に泥棒に盗《と》られてしまいました」

「そんな……重要な手がかりになったかもしれないのに」

「面目ない。それで……なにか心当たりはありますやろか。例えば、奥様の裸の写真を撮影したことがあるとか」

「あるわけないでしょ。とにかく、このことは警察に報告させてもらいます。乱歩氏がそういった写真を所持していたという事実が判明すれば、ますます彼の立場は悪くなると思いますよ。それもこれも、あなた方が変な隠しごとをするからです。さあ、もうこれくらいでいいでしょう。お引き取り願えますか」


冬の夜空に、満月が輝いている。

多くの通行人が行き交うオフィス街の道——

力ない足取りで、和真は歩き続けている。

これだけ人がいれば、逆に怪しまれずにすむ。事実、和真のことを気に掛けるものは誰もいない。しかし、いつまでもこうして歩いているわけにもいかない。何か、解決策を見出さなければならなかった。

生首とともに、バッグのなかに入っていた原稿。かの横溝正史が書いたという、江戸川乱歩との交流の記録である。これを読めば、今自分に起こっている非現実的な状況に関しての、何かしらの手がかりを知ることができるかもしれないと思った。だが最後まで読んでも、結局、余計に訳が分からなくなっただけだった。

昭和二十九年に起きた殺人事件。荒ら家で発見されたという女の首なし死体。殺害されたのは鬼塚貴和子という大学教授の妻。彼女は、バッグのなかの生首の女と同じ顔をしている。ということは、生首の女が鬼塚貴和子なのか。このバッグのなかの女性の頭部が、Xという男に殺害された貴和子の生首なのだろうか。

何十年も前に消えた女性の生首が、なんらかの理由で現代に蘇った……。

そんな馬鹿なことがありえるはずはないのだが、原稿に挟んであった写真が、彼女が鬼塚貴和子であることを証明している。もちろん、そんな非科学的なことではなく、バッグのなかの原稿も、事件も写真も生首も、誰かが〝偽装〟したものかもしれなかった。だが、もしそうだとしたら、誰が、なんの目的でそんなことをするのか。この生首の女は一体誰だというのか。

頭のなかで、思考が堂々巡りしている。

一体これからどうすればいいのだろう。

バッグのなかにあった、財布や携帯などの所持品は奪い取られた。自宅へ戻るならば、このまま歩いて行くしかない。

家族や知人に電話して、この状況を伝えようにも所持金がない。どこか店に入って電話を借りようとも考えたが、怪しまれる可能性がある。万が一、通報されてしまったら、一巻の終わりである。

やはりもう無駄な悪あがきなどせず、このまま警察に向かうべきなのだろうか。真っ当な社会人ならば、それが一番賢明な判断であることは間違いない。どこか近くの交番か警察署に駆け込み、洗いざらい打ち明けるべきなのだ。

「通学途中で何者かに襲われ、意識を失った。どうやら監禁されていたようだ――」

「所持品はすべて奪い取られ、代わりにバッグのなかに女の生首が入っていた――」

「さらにそのなかには、横溝正史が書いた江戸川乱歩との交流が綴られた原稿も――」

いや、やはり危険すぎる。到底、信じてもらえるとは思えない。警察に行っても、容疑者として逮捕されることは確実である。身の潔白を証明するのは、至難の業であろう。

まさに八方塞がりの状態だった。

答えが出ないまま、人混みのなかを彷徨い続ける。日が傾くに従い、風もさらに冷たくなってきた。身を強ばらせながら、和真は夜の街を歩いている。

いずれにせよ、このまま逃げ続けるわけにもいかない。やはり、どこかで腹を決めて、警察に行かなければならないのだろう。真摯に事情を話せば、犯人でないことは分かってもらえるかもしれない。そのためにも、自分が置かれたこの混迷を極める状況の「解」を、なんとか知っておきたい。

自分を襲ったのは誰なのか？

それは、バッグのなかに生首を入れた人間と同一人物なのか？

生首の女は鬼塚貴和子なのか？　それとも違う誰かなのか？

なぜバッグのなかに、江戸川乱歩と横溝正史の交流が綴られた原稿が入っていたのか？

自分の身に降りかかっている複雑怪奇な命題の数々。果たして、これらの謎を解き明かす、答えはあるのだろうか。

そのとき、ふと和真は足を止めた。

頭のなかに、ある一人の人物のことが浮かび上がった――

彼ならば、正解を導き出してくれる可能性がある。彼は聡明で頼りになる男だ。しかもミステリに関して詳しく造詣も深い。事件に巻き込むのは申し訳ないが、きっと力になってくれるはずである。

彼は自分の親友と言っても過言ではない存在である。いや、もしかしたら親友以上なのかもしれない。相手はどう思っているか分からないが、少なくとも自分は彼のことをそう思っている。

暗雲たれこめていた心のなかに、一筋の光が差し込んできた。雑踏のなか、踵を返して歩き出す。

一縷《いちる》の望みを抱いて、和真は夜の街を進んでいった。

苛立ちを堪えながら、宗一朗はデスクの椅子に座り込んだ。

なんとか横溝正史を追い返した。彼のような男は苦手である。優しそうな顔をして、油断していると、ずけずけと人の心に土足で入ってくるような話をしてくる。普段ならば、適当に相手をしておけばいいのだが、今はとてもそんな心理状態ではなかった。彼のことを構っている余裕などない。

デスクの抽斗を開けて、なかから封筒を取り出す。先ほど見ていた、脅迫状が入った封筒である。中身を取り出し、改めて文面に目をやる。

怒りが込み上げてくる。一体なぜ、こんなことをするのか。最愛の妻である貴和子を失った自分に追い打ちをかけるかのように……。

妻を愛していた。心の底から、誰よりも……。

さっき横溝正史に言った言葉は、嘘偽りではない。紛れもなく自分の本心なのである。それなのに……。

貴和子のことを考えると、心が苦しくなる。とても、平常心のままではいられない。なんとか気持ちを落ち着かせる。

壁に掛けられた振子時計に目をやった。時刻は午後五時を回っている。

そろそろ時間である。手紙を封筒に戻すと、立ち上がった。コートと中折れ帽を手に取ると、書斎を後にした。

がたがたと、走行する車の振動が身体に伝わってくる。

ハンドルを手に、宗一朗は運転している。車は彼の自家用車である。二年前に、進駐軍が使っていた乗用車を、知人の紹介で安く払い下げてもらった。

都心の道路。車は大通りを抜けて、住宅地の方に進入する。

視界の先に、雑草や枯れ木で覆われた空地が見えてきた。空襲で焼け落ちた場所である。戦争が終わってもう十年近くになるが、東京にはこのような場所がまだ至るところに残っている。

空地のなかに入り、瓦礫《がれき》の脇に停車した。車を降りて外に出る。日は陰り、空は茜色《あかねいろ》に染まっていた。枯れ葉を踏みしめながら、宗一朗は進んでいく。

空地を出て少し歩くと、裏路地に入った。人一人とやっとすれ違うことができるほどの幅の道である。板塀の家並みがずっと続いている。ここにいる姿は、あまり人に見られたくはなかった。中折れ帽を深々と被り、コートの襟を立てて歩いた。家政婦や家で見張りをしている警官には、大学の研究室に行くと言って家を出た。もちろん、研究室に行くわけではない。

幸い、路地はひっそりとしていて、通行人はあまりいなかった。遠くから、豆腐売りのラッパの音がするだけだ。右折と左折を繰り返しながら、狭い路地を進んで行く。

宗一朗は足を止めた。目の前にある一軒の家をじっと見る。

板塀はところどころ崩れ落ち、なかの様子が露わになっていた。庭の奥には古ぼけた井戸が見える。

辺りを見渡した。人の気配はない。屈《かが》み込《こ》むと、朽ち果てた板塀の隙間に身を投じた。

廃屋の庭――

雑草の類いは刈り取られ、辺りは整然としている。数日前まで、警察の現場検証が行われていたからだ。息を殺して、敷地のなかを進んでいく。

古井戸の前で立ち止まった。沈痛な面持ちでその場所を見やる。石蓋や井戸の枠に付着した血液が、どす黒く凝固しており生々しい。目を閉じて、手を合わせる。

しばらくそこで立ちすくんでいた。

そのときである。

何か物音がした。板を踏みしめるような音だ。物音は、母屋の方から聞こえてきた。

建物のなかに誰かいる——

意を決して、宗一朗は歩き出した。

落日の光のなかに佇む二階建ての廃屋。

建物の前まで来ると、勝手口らしき場所が目に入った。戸が外され、枠組みだけが残されている。屋内を覗き込むが、中は薄暗く、様子は分からない。注意深く辺りをうかがいながら、廃屋の内部に侵入する。

もう何年も人が暮らしていないという荒ら家。台所の流しと蛇口は赤く錆《さ》び付《つ》き、窓の硝子もところどころが割れている。

台所を通り抜け、奥の廊下に入った。

暗がりのなか、目を凝らして進んでゆく。頼りになるのは、窓から差し込む、弱々しい外光だけである。少し歩くと、広い日本間に差し掛かった。八畳の続き間である。庭に面しており、割れた硝子戸から、さっきの古井戸が見えた。

敷居《しきい》の前で足を止め、注意深く部屋のなかを覗き込んだ。

人の姿はなかった。

先ほどの物音は一体何だったのか。疑念にかられながら、日本間の方へ足を踏み入れる。

ぶよぶよと腐食している畳。床が抜け落ちないか心配である。鴨居《かもい》の板も外れ、だらりと垂れ下がっている。壁や襖《ふすま》は一様にうす汚れ、それが泥なのか血が変色したものなのかは判別がつかない。

恐る恐る部屋のなかを進んでゆくと——

「また、お会いしましたな」

背後から声がした。思わず身構える。関西弁まじりの聞き覚えのある声だ。

振り返ると、背後に和服姿のあの男が立っていた。

横溝正史である。

柔和な笑みを浮かべながら、こちらに近寄ってくる。思わず宗一朗が問いかけた。

「なぜ、あなたがここに？」

「鬼塚先生を待っていました。きっと来はるんやないかと思ったんで。あなたこそ、どうしていらしたんですか。ここは先生の奥さんの遺体が見つかった家であり、五年前に、Xが家族四人を皆殺しにした残忍な殺人事件の舞台となった場所です。一体なんの用があって、ここにいらしたのでしょう？」

彼は黙り込んだ。正史が言葉を続ける。

「もしかして、誰かに呼び出されたとか……。例えば、新たに脅迫状が届いて、この時間に来るように指示されたとか？　違いますやろか」

「違います。適当なことを言わないでください」

「あれ、ほんならなんで、この場所にいらしたんです？」

「どこに来ようが私の自由でしょう。あなたにとやかく詮索される覚えはない」

「もちろん自由やけど、この家は奥さんの惨殺死体が発見された場所ですよ。人目を忍んでここに来るということは、何か穏やかではない理由があるからでしょう。本当のことを言ってください。脅迫状の指示に従って、ここに来たんでしょう」

宗一朗は答えない。

「もしそうやなかったら、なんでこんなとこに一人で来たんですか」

彼は口を閉ざしている。正史が言葉を続ける。

「やはり、脅迫状の呼び出しに応じたからでしょう。新たに脅迫状が送られてきたことは、警察には言わはりましたか。Xはあなたに激しい恨みを抱いている、凶暴な殺人鬼のはずやないですか。殺されてしまうかもしれへんのに、なんで誰にも告げずに一人で来るんです？」

「だから、脅迫状なんか来ていないと言っているじゃないですか」

「いや、違います。あなたは脅迫状を受け取ったはずです。だからここに来た。あなたは、確かめたかったんやないでしょうか。脅迫状を送ってきたのは誰なのか？　Xなのか？　それとも違う誰かなのか」

その言葉を聞くと、宗一朗は正史を睨みつけた。彼は人の良さそうな笑みを絶やさず、宗一朗を見ている。

すると――

なにやら物音がする。誰かが床板を踏みしめる音だ。徐々に物音は大きくなってくる。正史が言う。

「誰かやってきたみたいですな」

一歩、二歩、三歩、足音は次第に近寄ってくる。

身を固くする宗一朗。正史が告げる。

「もしかしたら、脅迫状の送り主かもしれませんな。あなたをここに呼び出した人物です」

足音はすぐそこまで迫ってくる。宗一朗は固唾を呑んで、足音の主が現れるのを待ち受けている。

　やってきたのは……。

「どうして、あなたが……」

　姿を現した人物を、まじまじと見る宗一朗。

　やってきたのは、でっぷりとした体格の大柄の男である。舶来品のコートに仕立てのいい背広姿の初老の男性。丸眼鏡をかけた顔。黒いベレー帽を載せたつるりとした禿頭――

　そう……江戸川乱歩である。


　吐く息が白い。

　寒空のなかを、急ぎ足で進んでいく。

　夜の帳《とばり》が下りた、郊外の道。通行人の姿はあまりない。バッグを抱えたまま、和真は歩き続ける。

　すると、思わず彼は顔を伏せた。

　遠くから、自転車に乗った警ら中の巡査がやってきたからだ。もしここで、職務質問を受けたらまずいことになる。引き返すか、どこかに隠れたくなるが、ここで不審な行動を取るのは藪《やぶ》をつついて蛇を出すようなものだ。仕方なく、そのまま歩いていく。

巡査が間近に迫ってきた。

全身に緊張が走る。

気配を押し殺して、和真は進み続ける。巡査の自転車が、すぐ目の前まで来た。心臓の鼓動が早くなる。だが、こちらを気にすることなく、巡査はすぐ傍らを通り過ぎていった。気づかれることはなかった。一先ず、ほっと胸をなで下ろす。

和真はさらに歩を速めた。早く友人の意見が聞きたかった。

自分の身に起きたこの状況を、彼はどう読み解くのだろう。聡明な彼ならば、きっと答えを導き出してくれるはずなのだ。

早く彼の見解が聞きたい。

早く答えが知りたい。


「またお目にかかれて光栄です。鬼塚先生」

そう言うと乱歩は、日本間に入ってくる。あわてて、正史が声を上げる。

「気を付けなはれ。畳が腐っているかもしれへんから」

「ああ、分かっている」

足下に注意しながら、部屋のなかに入ってくる乱歩。いつの間にか、外はすっかり暗くなっていた。庭側から差し込む月の光が三人の男を照らしている。

宗一朗が、訝しげな顔を浮かべて言う。

「一体どういうおつもりでしょうか。二人揃って」

「鬼塚先生こそ、どうしてこんなところに」

乱歩がそう言うと、宗一朗は口を閉ざした。正史は観察するように、二人のやりとりを眺めている。

「残念ながら、待ち人は来ませんよ」

「江戸川先生まで何をおっしゃってるんでしょうか。別に誰かを待っているわけではない」

乱歩が落ち着いた声で言う。

「もういいでしょう。白ばくれるのはおよしなさい。今日あなたに脅迫状が届いたことは、私も知っていますぞ。あなたはその脅迫状の送り主に呼び出されてここに来た。断言してもいい」

「ほう……どうしてそんなことを断言できるんですか」

「なぜなら、その脅迫状を送ったのは、この私ですから」

宗一朗ははっとして、乱歩を見る。

「あなたが……一体どうして」

「ちょっと悪戯を仕掛けたくなりましてね。あなたがどんな反応を示すのか。でも気づいていたでしょう。今日送られてきた脅迫状は、Xからではないことを。筆跡が全く違いますから」

彼が黙り込んだ。乱歩が言葉を続ける。

「それでも、あなたは呼び出しに応じずにはいられなかった。ここに来ずにはいられなかった。そうではないですか」

呆《あき》れたような声で宗一朗が言う。

「なるほど、そういうことでしたか。でも、悪戯にしては度が過ぎてはいませんか。一体何が目的なんです」

「これは失礼しました。あなたに本当のことを話してもらいたくて」

「本当のこと？　どういうことです」

「新たに届いた脅迫状を見て、あなたは不思議に思ったのではないですか。一体誰がこの手紙を送りつけてきたのか。筆跡がＸと違うのもそうですが、そもそも彼から脅迫状が届くことなどありえない」

乱歩が宗一朗を見据えて言う。

「なぜなら、事件が起こる前に、脅迫状を送りつけていたのは、何を隠そう、鬼塚先生、あなた自身なのですから」

驚いたような顔で、宗一朗は乱歩を見る。

「私が？　自分に脅迫状を？　何を言ってるんです」

正史が口を開いた。

「いや、間違いありません。そやから、私たちも同じことしたまでなんです。Ｘの名を騙り、あなたに脅迫状を送りつけた」

乱歩がそれに続ける。

「あなたはずっと、自分自身に脅迫状を送り続けていた。でも、今日届いた脅迫状は、自分が送ったものではない。一体誰がこの手紙を書いて、送ってきたのか。そして目的はなんなのか。だから居てもたってもいられず、脅迫状の呼び出しに応じて、ここに来たというわけです」

　すると宗一朗の顔が緩んだ。冷ややかな笑みを浮かべながら言う。

「困りますね。そんな根も葉もない憶測ばかりの話をされても。何を根拠に、そんなことをおっしゃるのですか。なんで私が、自分自身に脅迫状を送るなんて馬鹿げたことをする必要があるのでしょうか。それに、私に届いていた脅迫状は、警察の筆跡鑑定でＸが書いたものだと証明されています。便箋からはＸの指紋も検出されているんですよ。もし脅迫状が、私が送りつけたものだとおっしゃるんでしたら、筆跡と指紋に関しては、どう説明するというのですか」

　二人は黙り込んだ。宗一朗は余裕の顔で、彼らを見ている。

「さあ、どうなんです。あなた方は探偵作家なんでしょう。人を疑うのであれば、きちんと説明するべきではないのですか」

　乱歩が口を開いた。

「そうなんです。私もそこが分かりませんでした。あなたが一体どうやって、Ｘの筆跡で書かれた脅迫状を作成することができたのか。そしてなぜ、自分自身に脅迫状を送りつけるようなことをしていたのか。でも、あるひとつの仮定を当てはめると、すべてがひとつにつながっていったんです」

　宗一朗が、訝しげな目で乱歩を見る。

「あるひとつの仮定……。なんですか、それは？」

　正史が言う。

「さあ鬼塚先生、そろそろ本当のことを言ってください。あなたは全部知ってはるんでしょう」

「もう、いい加減にしてください。全く以て馬鹿馬鹿しい。これ以上、探偵ごっこに付き合うのは時間の無駄ですから、失礼させていただきます」

そう言うと、宗一朗は歩き出した。部屋を出て行こうとする。

すかさず、正史が彼の背中に声をかけた。

「すべては秘密を守るためやったんでしょ。あなたの奥さんの」

その言葉に宗一朗の足が止まる。

「あなたの奥さんには秘密があった。決して人には言えない秘密が……。そうやないですか」

「何を言ってるんです。秘密なんかありませんよ」

すると乱歩の唇が開いた。

「では、私の口から言いましょうか」

そう言うと、宗一朗ににじり寄っていく。

「あなたと、あなたの奥さんである鬼塚貴和子さんの隠された秘密……。最初にその仮定が浮かび上がったときは、私も信じられませんでした。まさか、そんなことがあるはずはないと……。でもそう考えると、混沌《こんとん》としていた事象が見事にひとつになった。まるでバラバラになっていたパズルの断片が、ひとつの形となって合わさっていくように」

月明かりに照らされた宗一朗。顔を背けたまま黙り込んでいる。

「一体なぜ、あなたは自分に脅迫状を送りつけていたのか。なぜ、脅迫状の筆跡はＸのものだったのか……。そしてなぜ、このような忌まわしい事件が起こったのか」

乱歩が言う。

「あなたの最愛の妻である鬼塚貴和子の秘密……それは……」

正史は固唾を呑んで、二人の姿を見つめている。乱歩は宗一朗の横顔を見据えて言う。

「男性だったのでしょう。鬼塚貴和子は……」

宗一朗の形相が一変する。

眼鏡の奥の血走った目で、彼は乱歩を睨みつけた。


うつし世は夢、よるの夢こそまこと――


ふとその言葉が脳裏に浮かび上がった。

江戸川乱歩の座右の銘だそうである。バッグのなかにある、横溝正史が書いたという原稿にも、この言葉についての言及があった。

うつし世は夢、よるの夢こそまこと……。自分が現実だと思い込んでいることは夢であり、夜に見る夢の方が現実なのかもしれないという意味だそうである。

道を急ぎながら、和真は考えた。

もしバッグのなかの生首が、鬼塚貴和子だとしたら、今自分に起きている状況は、まさに夢のような出来事に違いない。

非現実的な考えなのかもしれないが、もうそうとしか考えられなくなった。

改めて、原稿のなかにあった鬼塚貴和子と、殺人鬼Xの言葉を思い出した。

——条理では割り切れない、夢のような不思議な出来事はあるのか——

夢のような不思議な出来事……。

Xという男は、時空を操ることができると信じ込んでいた。もしかしたら本当に、彼が時空を超越して、殺害した貴和子の生首を、未来に送り込んだのかもしれない。

もしくは、なんらかの超常現象のような力が働いて、切断された貴和子の生首が現代に蘇った……。

現実離れした推理かもしれないが、そう考えるとすべての辻褄が合うのだ。

だからバッグのなかの女は、鬼塚貴和子に違いないのである。時空を飛び越えて、この現代に出現したのだ。

こんな話をすると、彼はどう思うのだろうか。ミステリに精通している彼のことだ。馬鹿馬鹿しいと、一笑に付すのかもしれない。

だが、もしそうではないと言うのなら、この不条理な状況をどう説明するというのか。

まあいい。彼の家まではあと少しだ。

もうすぐ彼に会える。彼の話を聞くことができる。

夜の闇に包まれた道を、ただひたすらに歩き続けた。

「何を馬鹿なことを言っているんですか。貴和子が男であるはずはない」

宗一朗が、乱歩を見据えて言う。

「貴和子が女性であることは、夫であるこの私が一番よく知っています。あなたたちも貴和子と会ったんでしょう。男性が女装しているように見えましたか」

その問いかけに二人は答えない。宗一朗が言葉を続ける。

「発見された遺体は女性だった。これは私だけではなく、事件を捜査した関係者の多くも確認しています。このことをどう説明しますか」

宗一朗が乱歩に詰め寄る。

「それに、あなた方は貴和子の裸の写真も見たと言ってましたね。一糸まとわぬ妻の姿を……。その写真が、妻が女性であることの何よりの証ではありませんか。貴和子は男性ではない。彼女が女性であることは、紛れもない事実なんです」

語気を強めて、宗一朗が言う。

黙り込んでいる二人。正史が口を開いた。

「ええ、確かにあなたの言うとおりなんです。そやから、我々もすっかり騙されていた。首のない女性の遺体と裸の写真。てっきりあなたの妻は女性やと信じ込んでいた。でも、この事件の謎を推理していくなかでたどりついた〝ある仮定〟を当てはめると、すべての疑惑が解消され、混沌としていた事象がひとつにつながった」

「おっしゃっている意味がよく分かりませんが」

「この事件の謎を紐解く〝ある仮定〟……。あなたの奥さんである鬼塚貴和子さんは男性である。そう……鬼塚貴和子さんと、失踪したという殺人鬼のＸは、同一人物なんやないでしょうか」

「何を言っているんですか。そんな馬鹿なことあるはずがないでしょう」

「そうなんです。私も乱歩さんからその推理を聞いたときにおんなじように思いました。まさか、そんな探偵小説みたいなことあるかいなと。でも、鬼塚貴和子とＸは同一人物という仮定に即して、この事件のことを思い返してみると、すべてが腑に落ちるんです」

「馬鹿馬鹿しい。そんなことあるはずないじゃないですか。貴和子の夫である私が言っているのだから、間違いありません。いい加減、そんな与太話をするのはやめてもらいたい。もしそうだというなら、何か根拠はあるんですか。二人が同一人物であるという根拠が」

乱歩が宗一朗に言う。

「もちろん根拠ならあります」

「ほう、面白い。それでは、お聞かせ願えますか」

「すべては五年前に始まったのです。あなたとＸが出会ったときから」

淡々とした声で乱歩が語り始めた。

「一家皆殺し事件の裁判で心神喪失が認められ、Ｘはあなたの治療を受けることになった。そこで彼と出会ったあなたは、たちまちＸの美しさに魅せられたんです。そして彼の虜になった。Ｘ

は幼いころから、類い希なる美少年と呼ばれていたほどでしたからね」

憮然とした顔で宗一朗は、乱歩の話を聞いている。

「私たちが鬼塚教授の家に伺ったとき、あなたは誠心誠意、Ｘの治療に取り組んでいたと言っていましたね。彼の心の病を一刻も早く治癒させて、社会復帰を遂げさせてあげたいと。それは、嘘偽りなどない、あなたの本心だったのでしょう。そして、Ｘもあなたを信じ、懸命に治療に取り組んでいた。二人の心は通じ合っていたんです。彼はあなたを恨んだり、復讐心を抱いたりすることなどなかった」

乱歩は宗一朗を見つめて言う。

「それどころか、ある日二人は一線を越えてしまったのではないですか。性別を超えた、愛の契りを交わすようになった……」

彼はじっと黙っている。無言のまま、乱歩の話に耳を傾けている。

「ほかの医師や患者たちの目を盗んで、あなたとＸは愛し合った。あなたは自分の立場を忘れ、美青年である殺人鬼との愛に溺れていった。そしてある日、邪《よこしま》な考えを思いつく。彼を脱走させて、Ｘという存在を抹消させることを……。そうすれば、もう人目を気にすることはない。彼は自由の身となり、独り占めすることができる。そう……Ｘの脱走はすべてあなたが仕組んだことだった」

正史が言う。

「彼が脱走したときは、まるで魔術の消失のごとく、病院から忽然と姿を消したと不思議がられていた。種を明かせば、なんの不思議もない。主治医であるあんたが全部、手引きをしてたんやから」

　彼は唇を閉ざしたままである。再び乱歩が話し始める。

「Xを自宅で匿《かくま》ったあなたは、彼を〝妻〟として迎えることにした。Xを女装させて〝鬼塚貴和子〟という新たな人格を作り上げた。もしかしたらあなたは脱走前にも、治療と称して、幻覚剤などの薬物や催眠療法を駆使して、別の人格が生まれるように仕向けていたのではないですか。あなたは自らの欲望を満たすために、彼のもとの記憶を消し去り、〝鬼塚貴和子〟に仕立て上げたのです」

　乱歩の話は続く。

「貴和子という名前は、家族を戦争で失ったという遠縁の娘から借りたのでしょう。実は、本当の貴和子さんも、家族とともに亡くなっていたんじゃないですか。あなたは戦後の混乱に乗じて、〝鬼塚貴和子〟という人物を作り上げたんです。そして二人は〝夫婦〟として暮らし始めた。この三年間、警察がどんなにXのことを捜索しても、その後の足取りや潜伏先が分からなかったのは、Xが〝鬼塚貴和子〟という、あなたの妻に生まれ変わっていたからなのです」

　ずっと押し黙ったままの宗一朗。正史が口を開く。

「あなたがXの名を騙り、自分に脅迫状を送りつけていたのは、警察の目を逸らすための偽装工作やったんでしょう。Xがあなたを憎み、今もどこかに潜伏しているかのように思わせることができれば、あなたの妻に追及の手が及ぶことはない。すべては、あなたが作り上げた〝鬼塚貴和子〟の秘密を守り通すためやった。脅迫状は貴和子さん……つまり、Xに書かせたのでしょう。だから筆跡も一致したし、指紋も検出されたというわけなんです」

すると、宗一朗の唇が開いた。

「なるほど、さすがお二人は高名な探偵作家でおられる。想像が逞《たくま》しい限りです」

不敵な表情を乱歩と正史に向けると、言葉を続ける。

「しかし、残念ながらあなた方の推理は現実のものではありません。貴和子は紛れもなく女性です。Xなどではありません。お二人は私の妻に会ったことがありましたね。もしあなた方が言うように、貴和子がXだとしたら、男性が女装しているということになりますね。間近で彼女を見て、そのような様子はありましたか。それに、百歩譲って、姿形《すがたかたち》は女性になりきっていたとしても、声だけは隠しきれるものではありません。お二人は貴和子と話したのでしょう。如何でしたか」

乱歩が彼の質問に答える。

「ええ、あなたの言うとおりです。確かに声色は真似できるものではありません。彼女の声は女性に間違いありませんでした」

「そうでしょう。それに、あなたたちは貴和子の写真を見たんでしょう。彼女は裸だと言っていましたね。写真に写っていた裸体は男性のものでしたか」

今度は、正史が言う。

「いえいえ、目が覚めるほどに美しい女性の裸でした」

「ほら、そうですよね。あなたたちも貴和子が女性であることを知っているではないですか。それが何よりの証明です」

乱歩と正史は黙り込んだ。勝ち誇ったような顔で、宗一朗が言う。

「どうですか。あなたたちの推測は大きく間違っている。いい加減なことを言うのはもうやめてもらいたい」

　すると、正史が口を開いた。

「確かにそうでした。我々が会った鬼塚貴和子は紛れもなく女性であり、乱歩さんに送られてきた写真も、間違いなく女性の裸体やった。だから、我々もすっかり信じ込んでしまった……。でも、そのからくりも解明しました。入れ替わっていたんでしょう。我々と会うときだけは……」

　そう言うと、宗一朗の表情がわずかに強ばった。正史の言葉は続く。

「鬼塚宗一朗さん。失礼ながら、あなたには異常な性癖があったと聞いています。相手を痛めつけたり、傷つけたりすることに異常に興奮するサディズムの性癖があったと。言い逃れはできませんよ。そのことは、以前あなたと交際していた女性が証言していますから。でも、送られてきた写真の女性は真っ白な美しい肌で、傷ひとつありませんでした。そやから、おかしいと思ったんです。もしかしたら、この写真の女性は〝鬼塚貴和子〟ではないんやないかと」

「違う……何を馬鹿なことを」

「ということは、私や乱歩さんが会った女性も〝鬼塚貴和子〟やないということになる。ではあの女性は一体誰だったのか……」

　すると宗一朗が、正史の声を遮る。

「もういい加減にしてほしい。貴和子が男性だとか、入れ替わっているとか、挙げ句の果てには、私の性癖まで持ち出して……。人を愚弄《ぐろう》するにもほどがある。そこまで言うのなら、何か証拠はあるのか。明確な証拠を見せてから、君たちの推論を証明するべきではないのか」

挑むような目で、二人を見る宗一朗。乱歩と正史は口を閉ざした。

辺りに静寂が訪れる。聞こえるのは、ことことと硝子戸を揺らす風の音だけだ。

矢庭に乱歩が口を開いた。

「確かにあなたのおっしゃるとおりですね。証拠を提示するべきでした」

そう言うと、コートの内ポケットに手を入れた。一枚の紙片を取り出し、宗一朗に差し出す。

紙片は写真である。

一人の女生徒が写っているモノクロームの写真。アルバムに貼ってあったものだろうか。さほど新しいものではなく、全体はわずかに退色し、縁にも破れている箇所がある。

「あなたは彼女のことをご存じですか」

乱歩は宗一朗に問いかける。写真を手に取り、彼は黙り込んだ。

どこか長閑《のどか》な田園風景で撮影された写真——

女生徒は髪をお下げにして二つに結び、カメラに向かって微笑みかけている。

「分からないのですか。彼女が誰なのか？　そんなことはないと思いますが」

宗一朗は唇を閉ざしたまま、答えない。

「では、私の口から言いましょうか」

乱歩が、彼を見据えて言う。

「彼女は、鬼塚貴和子さんです。いや、正確に言えば、私と横溝君が会った鬼塚貴和子に相違ない。この写真は随分若く、あどけない顔をしているが間違いありません。同じ人物です。そうだよね、横溝君」

「そのとおりです。送られてきた裸の写真の女も、この女性やった」

「でも、この写真に写っている女性は鬼塚貴和子ではないんです。これは行方が分からなくなっている風間絹代の学生のころの写真です。撮られたのは七年前の昭和二十二年。彼女が十八のときに撮影したものだということでした。わざわざ、長野の風間絹代の故郷の村に足を運んで、手に入れたのですよ。間違いありません」

写真を手に、宗一朗の表情は一変している。乱歩が話を続ける。

「というわけで、私は失踪したわけではないのですよ。風間絹代の写真を探して、方々を回っていたんです。世間は勝手に、私が失踪したと騒いでいたようですが。ご心配をおかけしていたとしたら、誠に申し訳ない」

その言葉を聞いて、正史が苦笑いを浮かべる。乱歩が話を続ける。

「まあとにかく、この写真を入手することができてよかった。私と横溝君が鬼塚貴和子だと思っていた女性は、風間絹代だったことが証明されたのですから。我々と会うときだけ、二人は入れ替わっていたんですね。彼女の付き添いでやってきていた女性こそが〝鬼塚貴和子〟、つまりXだったというわけなんです」

写真を手にしたまま、宗一朗はその場に立ちすくんでいる。

「今思えば、お付きの女性は怪しかった。帽子を目深に被り、顔がよく見えませんでしたから。我々はまんまと騙されたというわけや」

正史が自嘲的に笑う。乱歩が、宗一朗を見据えて言う。

「私に届いた裸の女性の写真も、風間絹代を写したものだったのですね。いろいろと調べさせてもらいましたよ。鬼塚家に雇われる前、彼女は浅草でヌードダンサーをしていたということです。写真はそのときのものですか。それとも、今回の計画のために、新たに撮影したものなのでしょうか」

　彼は答えない。二人から視線を外したままである。

「もうこれで言い逃れはできないでしょう。さあ、お答えなさい。鬼塚教授……。すべてを指図したのは、あなたなのですね」

　無言のままの宗一朗。乱歩がさらに質問を投げかける。

「入れ替わりは誰の発案ですか。あなたですか。それともXなのでしょうか。あなたは、風間絹代に貴和子の嗜好や探偵小説の知識を与え〝鬼塚貴和子〟を演じさせた。そして私や横溝君との接触を図ったんです。私に風間絹代の裸の写真を送りつけたのもあなたですね。鬼塚貴和子が、女性であることを印象づけるための工作として」

　乱歩が語り続ける。

「すべては、鬼塚貴和子がXであるという事実を秘匿するためだったのですね。だから、私や横溝君のような、多少知名度のある人間は丁度よかった。我々が、鬼塚貴和子は女性であるという格好の証言者となるのですから。あなたが憎んでいる、探偵作家への挑戦もあったのかもしれません」

　宗一朗は黙り込み、唇はわずかに震えている。

「でも、あなたと鬼塚貴和子の秘密を暴露しようとするものが現れた。風間絹代ですね。すべての秘密を知り、計画に加担していた絹代は、やがて二人を脅迫するようになった。多額の金銭を要求されたのではないですか。金をよこさなければ、鬼塚貴和子がXであることを警察に告発すると言われたのですね。だからXは風間絹代を殺害し、首を切り落とした。そして、自分が殺されたことにして、どこかに逃亡した……そうですね」

　すると彼は、押し殺したような声で言う。

「違う……違うんだ」

　血走った目を向けると、突然激高する。

「お前たちは何も分かっていない。殺したのは貴和子ではない。私がやったんだ。私が絹代を殺して首を切り落とした……」

　そう言うと、頭を掻きむしり、その場に崩れ落ちた。被っていた中折れ帽も床に投げ出される。

「私がやった。すべては私がやったことなんだ……」

　振り絞るような声で彼は言う。正史が、宗一朗を見据えて声をかけた。

「やっと認めてくれはりましたな。ではやはり、首なし遺体は風間絹代さんだったんですね」

　彼は答えない。頭を抱えて、嗚咽《おえつ》を繰り返している。

「でも、本当にあなたが殺したんやろか。あなたはXを……いや、貴和子さんを庇《かば》っているんやないですか？」

「違う……。だから言っているだろう。私がやったんだ。貴和子ではない」

「本当にそうなんですか。殺したんは貴和子さんやないんですか。風間絹代に脅迫され、彼女の心の奥底に封じ込められていたXの凶悪な人格が蘇った……。貴和子さんが絹代を殺害したことを知ったあなたは、彼女の罪を隠すために偽装工作を思い立った。遺体の首を切り落とし、貴和子さんが死んだことにした。そして彼女を逃亡させたんです。知っていたかどうかはわかりませんが、やはりあなたは探偵小説の『首のない死体』のトリックを使い……」

宗一朗の脳裏には、正史の声が呪文のように響いている――

そうだ、あの夜は凍えるような寒い夜だった。

書斎で仕事をしていると、絹を裂くような叫び声がした。思わず居間に駆け込んだ。

暗闇のなかに一人の女が佇んでいる。両手をわなわなと震わせていた。

女は貴和子である……。

いや、その狂気を秘めた眼差しは貴和子のものではなかった。宗一朗は、封印したはずの恐ろしい人格が蘇ったことを悟る。一体何があったのか。

目を凝らすと、貴和子の足下には一人の女が倒れている。

風間絹代だった。かっと目を見開き、口の端から血を流している。すぐに駆け寄ったが、もう息はなかった。絹代の首には、くっきりと絞められた痕が残されている。

貴和子を落ち着かせ、薬物を注射する。彼女の精神状態を安定させるためだ。

意識を失った妻の身体を抱え、二階の寝室まで運んだ。ベッドに寝かせると、すぐに居間に引き返した。

暗がりのなか、暖炉の残り火だけが浮かび上がっている部屋。風間絹代の遺体の前に立ちすくみ、途方に暮れていた。

貴和子を……Xを守るために一体どうすればいいのか。

犯罪を隠蔽するには、この死体を隠すことが先決である。だが人間一人の遺体を、誰にも知られることなく消し去ることは、決して容易いことではない。遺体の処理は、数多の殺人者がもっとも腐心する問題なのだ。

命が失われた、女の顔をじっと見つめる。

自分は貴和子を愛している。絶対に、この犯罪を明らかにしてはならないのだ。もし彼女が逮捕されてしまったら、ずっと隠し通していた秘密が明らかとなり、二人はもう終わりである。

焦燥にかられる宗一朗。神経を集中させ、必死に考えた。

脳裏に二人の甘美な日々の記憶が蘇る。美しい私の妻……貴和子。決して彼女を失いたくはない。

すると、ある方法が頭をよぎった。

貴和子を守るためには、絹代の遺体を〝鬼塚貴和子〟として葬ればいいのではないか。首を切り落としてしまえば、遺体が風間絹代であるかどうかは分からない。そして、どこかわざと目立つ場所に放置すればいいのだ。

そうしたら貴和子は死んだことになり、未来永劫《えいごう》、罪に問われることはない。逆転の発想である。遺体を隠すのではなく、〝鬼塚貴和子〟として衆目に晒すのだ。

すぐに行動に移した。

絹代の遺体を車に乗せ、ある一軒の家に向かった。宗一朗が所有している麻布《あざぶ》の古い日本家屋である。今は空き家となっており、誰も住んではいない。

遺体を車から出して、家に運び込んだ。着衣を全部剝ぎ取り、浴室に入った。

用意してきた鋸を取り出す。遺体の白い首にあてがう。

肉が裂け、赤い血がしたたり落ちた。

絹代の首が胴体から外れ――


「……風間絹代の首を切断したあなたは、遺体をまた車に乗せて、この巣鴨の荒ら家に侵入した。そして、首のない遺体をあの場所に放置した」

そう言うと正史は、庭の方を指さした。その先には、月明かりに照らされた古井戸が見える。

「裸のまま、絹代の遺体を遺棄したんは、〝鬼塚貴和子〟の秘密を守り通すためやったんですね。わざと裸体を晒して、貴和子の正体はXという男性だったという真実から、世間の目を背けさせようとした。その行為は、あなたが病院を脱走させるほどに守ろうとしたXに、さらなる罪を背負わせるという皮肉な結果にもなりえたのですが。でも、もう後戻りはできなかった」

正史が語り続ける。

「遺体の身元確認のときも、あなたは虚偽の証言をした。風間絹代の遺体であるにもかかわらず、妻の遺体やと認めたんです。探偵小説を危険視するような発言をしたのも、私や乱歩さんを利用するためやったんですね。我々はあなたに騙されて、貴和子さんが女性であると思い込んでいた。〝鬼塚貴和子〟の秘密を守り、被害者が風間絹代であるという事実を隠し通すためには、我々の存在はとても都合がよかったというわけですな」

宗一朗は答えない。その場に蹲《うずくま》ったままである。

「あなたは貴和子さんを自宅から連れ出し、どこかに匿った。きっと、風間絹代の頭部を切断した場所なのでしょう。そしてほとぼりが冷めたころを見計らい、二人で遠くに逃げて、ひっそりと暮らそうと考えていたんやないでしょうか」

　彼の目には、涙がにじんでいる。乱歩が彼に訊く。

「それで鬼塚貴和子……、いやXは今どこにいるのですか？」

　むせび泣くような声で宗一朗は言う。

「分からない……。一体どこにいるのか？　こっちが訊きたいくらいだ」

「やはり、行方が分からないのですね」

「そうだ……。方々探したが、どこに行ったか分からない」

「あなたは気が気ではなかったというわけですね。〝鬼塚貴和子〟はどこに消えたのか。彼女はもとの人格に戻った可能性が高い。自分と愛し合った日々は、すべて忘れてしまった。もう二度と彼女には会えないのかもしれないと」

　耐え忍ぶように、苦悶の表情を浮かべている宗一朗。乱歩は言葉を続ける。

「だからあなたは、私がXに成りすまして送った脅迫状を見て、激しく動揺した。筆跡が違ってはいるが、もしかしたら、なにか手がかりが得られるかもしれない。そう思い、ここに来たというわけですね」

　項垂《うなだ》れたまま、宗一朗が口を開いた。

「世間では、彼のことを残忍な殺人鬼だというが、本当は無垢《むく》な青年なのだ。彼ほど純粋で、美しい人間を、私は見たことがない……」

乱歩はじっと、彼を見つめている。目を潤ませながら、宗一朗は言う。

「私は何としてでも彼を救いたかった。それなのに……」

正史が、宗一朗を見据えて言う。

「すべてはあなたが貴和子さんを……Xを守ろうとして起きたことやったんですね。それほどまでに、あなたは彼を深く愛してしまった……。だから今は、彼のことが心配でたまらないのですね」

唇を噛みしめたまま、虚空を見つめている宗一朗。

乱歩が、彼に問いかける。

「お話しいただき感謝します。それでは最後に質問をひとつ……切り落とした風間絹代の生首は、一体どうしたんですか」


息を弾ませながら、夜の道を進んでいく。

もうすぐ彼の家に到着する。行き交う人に悟られぬよう、気配を殺して和真は歩き続ける。

早く彼に会いたい。彼に会って、自分が置かれている不可解な謎を解き明かしてほしい。なぜなら彼は、もっとも信頼の置ける大切な友人なのだから。

大通りから、路地に入った。昔の風情の家並みが続く通りである。幸い、人の往来はほとんどない。

十分ほど歩くと、目的の場所にたどりついた。

木造二階建ての家——

建物をじっと見つめる。なぜだか、懐かしさが込み上げてきた。ここに来たのはいつ以来なのだろう。

果たして、彼は在宅しているのだろうか。家にいたとしても、このバッグを持ったまま上がり込むわけにはいかない。万が一、彼の家族にバッグの中身を見られたら大変なことになる。家にいたとしても、外に連れ出して話をするべきなのだろう。

建物に近寄り、なかの様子をのぞき見る。

門灯は点《つ》いておらず、家の周囲は薄暗い。窓に灯りも灯っていない。誰もいないのだろうか。

門扉に触れると、鍵はかかっていなかった。そのまま敷地のなかに入る。

何かおかしい。

この家からは、人が生活している気配がしないのだ。表札もなく、玄関の硝子戸も、至るところが割れていた。外壁はうす汚れ、庇《ひさし》には蜘蛛《くも》の巣《す》が幾重にも張られている。この前来たときは、このような有様ではなかった。一体何があったのか。

バッグを抱えたまま、玄関の戸に手をかける。ここも施錠されていなかった。なるべく音を立てないようにして、戸を開けた。

屋内は薄暗く、澱《よど》んだ空気が充満している。顔をしかめて、家屋のなかに足を踏み入れた。

暗がりのなか、目を凝らした。

廊下の壁土は崩れ落ち、内部の板や柱が剝き出しである。とても人が暮らしている様子ではない。まるで廃墟《はいきょ》のようだ。

和真は不安にかられる。一体彼はどうしたというのか。上がり框《がまち》に足をかけ、屋内に上がり込んだ。

廊下を進んでいく。すると……。

奥から、なにやら人の話し声が聞こえてくる。

なかに誰かいる……。

思わず身を竦《すく》めた。まずい……。このまま逃げだすべきなのか。

でももしかしたら、奥にいるのは彼なのかもしれない。意を決して、また歩き出した。足音を忍ばせて、建物の奥に向かっていく。

柱の陰に立ち、声がする方を覗き込んだ。

広い和室である。三人の男がなにやら話し込んでいる。そのなかに友人の姿はない。彼の家族でもないようだ。

男たちは何者なのか。一人の男はその場に蹲り、ほかの二人がその男を取り囲むように立ちすくんでいた。立っている二人の男のうち、一人は和服を着ている。

物陰から、和真は彼らの顔を凝視した。蹲っている男は四十代ほどだろうか。銀縁眼鏡に立派な髭をたくわえている。立っている二人は五十代から六十代といったところだ。

和真の視線は、その二人の男に釘付《くぎづ》けとなる。

彼らの顔に見覚えがある……。

もしや——

和真は目を見張る。もしかしたら、自分は夢のなかにいるのかもしれないと思った。

雑誌や書籍で、彼らの顔は見たことがあった。間違いない。

立ちすくんでいる二人の男は、江戸川乱歩と横溝正史である。

恰幅のいいコートと背広姿の男が江戸川乱歩で、和装の男が横溝正史だ。

いつの間に、自分は過去にタイムスリップしたのか——

頭が混乱してきた。何が起こっているのか、分からなくなってきた。呆然としたまま、後ずさりする。

床が軋《きし》み、大きな音がした——

三人の男が一斉にこちらを見る。蹲っていた男が、よろよろと立ち上がった。

背の高い、眼鏡をかけた男。

知らない顔である。

ぎょろりとした目をさらに大きく見開き、こちらに近寄ってくる。

一歩、二歩、三歩……。

彼の気迫に気圧《けお》されて、その場から動けなくなった。バッグを抱える手に、力がこもる。

男は目の前で立ち止まると、和真の両肩を摑《つか》んだ。彼の顔をまじまじと見て言う。

「どこに行っていたんだ……」

後ろでは、江戸川乱歩と横溝正史がその様子をじっと見ている。

振り絞るような声で、男は和真に言った。

「ずっと探していたんだぞ……貴和子」

彼の目から、一筋の涙がこぼれ落ちる。

＊　＊　＊

閑散とした午後のカフェテリア――

ICレコーダーの液晶画面には、録音の経過時間が表示されている。

取材対象者の話は続いている。

「そのあと、彼がすべてを思い出したのかどうかは、僕はよく知りません。彼が友人だと思い込んでいた人や、心通わせていると信じていた女性はもうこの世にはいないことを。そして彼らに裏切られ、茫然《ぼうぜん》自失《じしつ》するほど、彼は深く傷ついていたことを……」

終章

陽だまりのなかである。

駅前で買った手土産の饅頭を片手に、正史はとぼとぼと歩いていた。

この道を通るのは、何年ぶりだろう。また各駅停車を乗り継いで、ここまでやってきた。肩には満タンに酒を入れた水筒をぶら下げている。

見上げると、秋晴れの空に雲ひとつ見当たらない快晴である。もう十月だというのに、その日は汗ばむほどの陽気だった。ハンカチで汗を拭いながら、住宅街の道を往く。

視界の先に、一際目立つ、クリーム色の洋風の建物が見えてきた。

乱歩の家である。三年前に建て替えたのだ。平屋だった日本家屋を改築し、二階建ての小綺麗《こぎれい》な洋館に生まれ変わった。残念なことに、増築された二階部分に遮られ、表からあの土蔵は見えなくなってしまった。だが門を通り庭側に目を向けると、鼠色の堅牢な土蔵がそびえ立っているのが分かる。

呼び鈴を押すと、いつものように隆子夫人が温かく出迎えてくれた。饅頭を渡し、建物のなかに入る。そのまま奥の応接室に通された。

乱歩自身が設計したというモダンな洋室である。天井が高く、窓も大きいので開放感がある。部屋の中央には、ペルシャ絨毯《じゅうたん》の上に豪華なソファが配置されていた。隅には大きなデスクがあり、書斎も兼ねているという。

マントルピースの上には、二人の坊主頭の可愛らしい少年が描かれた水彩画が掲げられていた。村山槐多《むらやまかいた》の『二少年図』である。村山槐多は、大正八年に二十二歳で夭折《ようせつ》した洋画家であり詩人でもあった。乱歩は槐多に傾倒しており、淡い少年愛を題材に描かれたというこの絵を、

「村山槐多の夢とともに住んでいる」と述べるほどこよなく愛している。

　少し待っていると、乱歩が現れた。

「わざわざ来てもらわなくても、こちらから出向いたのに」

　開口一番、いつものような仏頂面で言う。

「体調を崩したと聞いて来たんや。入院していたそうやないですか」

「入院といっても、蓄膿《ちくのう》だよ。大したことはない」

　乱歩は若いころから蓄膿症に悩まされていた。彼の声は、鼻声のような嗄れ声が特徴なのだが、それは蓄膿が原因だという。

「蓄膿で入院とは難儀やなあ」

「何も難儀なことはない。私がこうして探偵作家としてやっていけるのは、蓄膿症のおかげなんだ」

「どういうことや？」

「私は幼いころから蓄膿で、鼻が詰まりずっとこんな鼻声なんだ。学生時代は、こんな自分の声が嫌で嫌でたまらなかった。でも、あれは確か処女作を書く一年か二年前のことだ。私は偶然、なにかの雑誌に掲載されたある記事を目にしたんだ。そこには、私が悩まされている鼻声……つまり、蓄膿の徴候である肥厚性鼻炎《ひこうせいびえん》は、『天才病』であると書かれていた。ある西洋の文学者を例に挙げ、その人物は肥厚性鼻炎のおかげで傑作を書くことができたというんだ」

　真剣な顔で乱歩が話し続ける。

「これを読んで、私は大いに勇気づけられた。自分も肥厚性鼻炎だから、いい小説が書けるかもしれないと思った。それで自信を得た私は、処女作の『二銭銅貨』を書いて、作家として世に出ることができたというわけだ。そのあとの『D坂の殺人事件』や『心理試験』などの短篇が好評を博したときも、やはり肥厚性鼻炎のおかげではないかと感謝したものだ。だから、蓄膿症は私の創作活動に多大なる影響を与えているというわけなんだ」

自信満々に彼は言う。

正史は、笑いそうになるのをなんとか堪えた。蓄膿症と創作の因果関係を真面目に考察している乱歩がなんとも微笑ましかった。こんな話が出るのも、きっと彼のなかで創作意欲が高まっている証拠であろう。喜ばしいことである。

昭和三十五年十月――

乱歩と正史が巻き込まれた、あの奇妙な事件から六年が経っていた。

事件が解決した年の昭和二十九年十月、乱歩は還暦を迎え、祝賀会が執り行われることになった。会場となった丸の内の東京會舘《とうきょうかいかん》には、作家や出版関係者のみならず、歌舞伎役者や政治家や財界人などが参加。乱歩は五百名もの出席者の前で、「再出発の誓い」を高々と宣言し、万雷《ばんらい》の拍手が鳴り止《や》まなかった。「再出発の誓い」とは、乱歩が再び小説を書くことを表明したということである。

そして約束どおり、翌月から乱歩は『化人幻戯』の連載を開始した。待ちに待った戦後初めての本格長篇小説である。『化人幻戯』は、元侯爵の一家を舞台に起きた連続殺人事件の物語で、かの名探偵明智小五郎も登場し、読者を大いに喜ばせた。

年が明けると乱歩は、長篇『影男』の連載を始める。『化人幻戯』の連載はまだ続いていたので、二本同時に長篇を執筆していたことになる。さらにはこの年には、中篇の『月と手袋』や書き下ろし長篇『十字路』も上梓《じょうし》する。まるで人が変わったように、乱歩は書き続けたのだ。事件に巻き込まれ、一時は絶筆するとまで言っていた乱歩。だがそんな心配もどこへやら、事件のことが創作意欲を刺激したのか、結果的には、完全復活を遂げたという次第なのだ。

さらには乱歩が寄贈した百万円を基金に、江戸川乱歩賞が創設された。第二回の授賞式には横溝正史も出席する。確執を噂されていた二人。廊下で正史が乱歩と顔を合わせ、握手すると、作家仲間がそれを取り巻き、拍手を送ったのだという。

こうして、精力的に執筆活動を再開した乱歩。正史も負けてはいられなかった。『悪魔が来りて笛を吹く』以来、自分もしばらく本格探偵小説といえる作品を書いてはいなかった。乱歩の復活を機に、また本格物に挑戦したいと考えていた。

こうして生まれたのが『悪魔の手毬唄』である。岡山の鬼首《おにこうべ》村という寒村で起きた連続殺人事件。村に伝わる手毬唄に見立てて殺害される若い娘たち。作中に登場する「鬼首《おにこべ》村手毬唄」は、正史が幼いころに聞いた童謡を思い出して創作したものだ。

昭和三十二年、『悪魔の手毬唄』の連載が開始された。掲載されたのは「宝石」という雑誌である。「宝石」は戦後に創刊された探偵小説専門誌であり、『本陣殺人事件』や『獄門島』『悪魔が来りて笛を吹く』などの正史の代表的長篇の多くはここで連載されている。そして『悪魔の手毬唄』の第一回が掲載された号から、編集長に就任したのが江戸川乱歩だった。乱歩は、盟友横溝正史の渾身の探偵小説である『悪魔の手毬唄』を、自らの筆でこう紹介する。

『横溝さんは斯界《しかい》随一のストーリイ・テラーである。その老熟の文章には、なにびとをも引き入れないではおかぬ魔力がある。しかもこの人が、探偵小説の本舞台に、久方ぶりで、堂々の陣を張って登場したのである。これは面白くなりそうだ！』

『悪魔の手毬唄』は、自他共に認める傑作に仕上がった。なかには、横溝正史の最高傑作であると賛辞を送るものもいるほどだ。その背景には、編集長としてこの作品に深く携わった、江戸川乱歩の存在があったに相違ない。正史は、なんとか乱歩を驚かせたい。なんとか乱歩に褒めてもらいたいとの一心で、原稿を書き続けたという。連載終了後、彼は本作についてこう述べている。

『この小説が連載されはじめたのと、江戸川乱歩氏が「宝石」の編集に乗りだしたのと偶然同時になったが、このことは作者にとって非常にラッキーであったと思っている。（中略）一年八ヵ月（一ヵ月休載したから）にわたって、なんの不安もなくこの小説を書きつづけられたということに関して、江戸川乱歩氏に深く感謝しなければならないだろう』

　また連載が終わると、乱歩が以下の文を載せて賛辞を送った。

『横溝さんの大長篇が完結した。これは「獄門島」に似た構成ではあるが、あれよりも地味で、重厚で、きめのこまかい大作である。おそらく横溝さんのライフワークの一つになるであろう。作者の努力を深く感謝するものである』

　江戸川乱歩の最高傑作と呼び声の高い『パノラマ島奇譚』と『陰獣』は、横溝正史が「新青年」の乱歩の担当編集者をしていたころに書かれたものである。正史がいたから、この二つの名作は生まれたといっても過言ではない。そして三十年の時を経て、今度は乱歩が正史に寄り添い、稀代《きたい》の傑作といわれる『悪魔の手毬唄』を誕生させたのだ。

「それで今日はなんの用だ。また探偵小説を書けと脅しにでも来たのかね」

正史が持ってきた饅頭を、旨そうに頬張りながら乱歩が言う。

「だから言っているだろう。借金取りのように追い立てられても、書けるものではないと」

『化人幻戯』を皮切りに長篇や短篇を多作し、本格的に執筆を再開した乱歩。だが近ごろはまた執筆が滞っていた。

「いやいや、勘違いしなさんな。別に小説を書けと脅しに来たわけやない。それに、わたしも偉そうに言える立場ではない。『悪魔の手毬唄』以降、本格長篇と堂々と胸を張れるものを書いていませんから」

「いくらなんでも、次から次へとあのような傑作が書けるわけはない。それに、我々はもう歳だ。体力的にも、あんなものを立て続けに書くのはしんどいだろう。君は病気もあることだし、ゆっくりと時間を取って、次なる発想が湧き上がるのを待てばいい」

「もちろん体力的なことはあるが、それだけやない。そもそも私の書くような探偵小説は、やっぱり時代遅れやないかと思うこともある」

「そんなことはない。珍しく弱気なことをいうじゃないか。君らしくない」

乱歩がそう言うと、正史は寂しげに笑う。

その当時、探偵小説は大きな変革期を迎えていた。松本《まつもと》清張《せいちょう》の登場である。清張の出現により「探偵小説」という呼び名は「推理小説」と変わり始めていた。

松本清張は昭和二十六年、四十一歳でデビューした遅咲きの作家である。昭和二十八年には『或《あ》る「小倉日記」伝』で芥川賞《あくたがわしょう》を受賞。以降、しばらくは歴史小説や現代小説を手がけていたが、昭和三十二年に社会派推理小説と呼ばれる『点と線』『眼の壁』を発表。これらの小説が一大ベストセラーとなった。

乱歩はいち早く清張の才能に興味を示し、「宝石」の編集長に就任すると同時に、彼に連載を依頼している。そのときに書かれたのが、清張の代表作のひとつとなる『ゼロの焦点』だった。このころ、乱歩と清張は「宝石」誌上で対談を敢行。「現在の日本の探偵小説をどう思うか」と乱歩に訊かれ、清張はこう答えている。

『全体に戦後の若い人たちが横溝正史の作風に強く影響されて、その亜流という感じのものが多いのは好ましくないですね』

さらに「日本の推理小説」という評論のなかでは、こうも述べていた。

『探偵小説を「お化屋敷」の掛小屋からリアリズムの外に出したかったのである』

これはとくに、横溝作品を名指ししたわけではないのだが、乱歩との対談と併せて曲解され、「横溝作品＝お化け屋敷」という偏見が蔓延《はびこ》ることになった。それを正史は気に病んでいたというわけである。

正史は乱歩に言う。

「別に弱気になっているわけやない。時代に取り残されていくにしても、自分が面白いと思うものを書き続けるしかない。あんたの言うとおり、ゆっくりとやっていくわ」

「そうだ。それでこそ君らしい。横溝君の作品をみんな待ち望んでいるからね。ああ、そうだ。

あの原稿はどうしたんだ。事件のときに盗まれたという原稿。返ってきたんだろう。続きは書かないのか」

「あれはなんか書く気が失せてもうた。あの後警察から連絡がきたけど、彼の治療に役立ててほしいと受け取りを辞退したんや。あんなものいつでも書けるから」

　正史が小さく笑った。湯飲みの茶を一口啜ると、乱歩が言う。

「そういえばこの前、鬼塚宗一朗が死亡したという一報が入ってきたよ。自宅で、病死していたということだ」

「病死ですか。まだ若かったのに」

「ああ、彼は死体遺棄と死体損壊の罪で懲役刑に処されていたが、三年ほど前に出所していた。それからはずっと、孤独な生活をしていたようだ。教授の職も追われ、あの館にずっと引き籠もっていた……。最後の方はずっと譫言《うわごと》のように、貴和子、貴和子と呼び続けていたということだ。自らが作り出した架空の妻である〝鬼塚貴和子〟の幻影に死ぬまで取り憑《つ》かれていたんだ」

「そうか……。哀れな末路やったな。そしたら、あの殺人鬼の青年は？　裁判でまた心神喪失が認められ、病院に入れられたことは記事で読んだけど」

「さあね。彼は今どうしているんだろう。今もどこかの病院で、治療を受けているんじゃないかな。それにしても彼は、本当に美しい青年だったな……」

　乱歩が遠い目をして言う。

「そうですな。とてもあんな残酷な事件を起こす人間とは思えんかった」

「彼にはさまざまな人格があったからね……。本当に人間の心のなかというのは分からないことだらけだ」

「しかし、鬼塚教授は少し可哀想でしたな。あんなにXのことを愛していたのに、彼の記憶からは鬼塚のことはきれいさっぱり消え失せていた……」

「まあある意味、罰が当たったのかもしれぬ。治療と称してXの人格を操り、自分の妻に仕立て上げようとしていたのだから。彼の誤算は、Xに予期せぬ別の人格が現れたことだ。匿われていた家で、茫然自失となった彼は、そこにあったバッグを持って家を飛び出した。そのなかには、鬼塚が処分しようとしていた風間絹代の生首が入っていた。ずっと井戸のなかに吊して隠していたらしい。それとバッグには、君の家から盗み出した原稿も入っていた」

「私が事件についての原稿を書いていると知って、鬼塚は不安になったということらしいね。何か不都合なことが書かれてはいないかと、気が気ではなかったのでしょう。それで、私の家に忍び込み、原稿を盗み出した。匿われていた家にあったバッグは、Xが最初に逮捕されたときに持っていたものだったそうですな。鬼塚は治療を任されたときに、彼の所持品を預かっていた」

「それでバッグを持ったまま、外をさまよい歩いているときに〝井川和真〟という人格が出現したんだ。さまよい歩いているとき、井川和真の脳裏に浮かび上がった〝牢獄のような場所〟や〝薬物のようなもの〟を注射されたのは精神病院の隔離病棟での記憶。〝薄暗い畳敷きの部屋〟は、絹代の殺害後に、鬼塚が彼を匿った麻布の家だった。和真の脳裏からは、自分が残虐な殺人鬼であるという記憶は欠落していた。自分の家族四人を皆殺しにしたことも、〝鬼塚貴和子〟として生活していたときのことも、風間絹代を絞め殺したことも……」

「家を飛び出し、手にしたバッグのなかを見た彼は、さぞかし驚いたことやろう。自分の持ち物の財布や携帯の煙草ケースはなく、見知らぬ女の生首が入っていたんやから」

神妙な顔をして、乱歩が話を続ける。

「まあとにかく、あれは奇妙な事件だったな。事実は小説より奇なりとはこのことだ。井川和真という人格は、自分が何十年も先の未来を生きているのだと妄想していたのだから……。Xのことを考えると、私自身も不安になってきたよ。自分が本当は誰なのか。私は本当にここに存在しているのか。私は本当に私なのか」

「うつし世は夢、よるの夢こそまこと……ですな」

正史がそう言うと、二人は黙り込んだ。少しすると、乱歩が口を開いた。

「それにしても、君には謝らなければならないな。君は、早くから被害者は風間絹代で、犯人は鬼塚貴和子ではないかと見抜いていた。その推理を聞いたとき、私は『トリックが美しくない』『動機がない』などと難癖をつけて一蹴してしまった。誠に申し訳なかった」

「いやいや、あんたが、Xと貴和子が同一人物であることに気がつかなければ、事件は解決していなかったやろ。あんたから電話をもらって、話を聞いたときはびっくりしたわ。『事件の証拠が見つかったぞ』って。てっきりまた自暴自棄になって、どこかを放浪しているのかと思てたから」

「初めて鬼塚に会ったとき、ふと思ったんだ。もしかしたら、彼はXを愛しているんじゃないかと。鬼塚がXのことを話しているとき、彼の目を見てそう感じた。だから私は、この事件の背後にはもっと複雑で恐ろしい闇があると思い、戦慄を覚えたというわけなんだ」

「なるほど、さすがは乱歩さんや。私は全然分からへんかった」

ちらりと正史は、彼の背後にある二少年図に視線を向ける。乱歩は話を続けた。

「鬼塚はXを愛している。そのことを踏まえて、改めて事件の真相について考えてみた。Xと貴和子には共通点があった。二人とも探偵小説の知識があったし、『この世には夢のような不思議なことがあるのか』などと、同じような意味の言葉を口にしている。もっともこれは絹代の口から聞いた言葉ではあるが、彼女は貴和子の嗜好や探偵小説の知識を与えられ、成りきって演じていたということなので、貴和子自身の発言と考えてよかろう。Xと貴和子の共通点。探偵小説の知識と『この世には夢のような不思議な出来事があるのか』という発言。これはどういうことなのか……。もしかしたら、二人は同じ人間なのではないか。鬼塚が愛するXという美青年と、彼の妻である鬼塚貴和子が同一人物だとしたら……。そう考えると、すべてがつながっていった。それで、何か証拠がいると思うと矢も盾もたまらなくなり、家を飛び出したというわけだ」

「あんたが呟いた『Xが犯人であるかもしれないし……犯人ではないのかもしれない』という言葉も、最初は何を言ってるんやろと思たけど、今思うと、言い得て妙ですな。絹代を殺したのはXやけど、そのときは貴和子に成りすましていたから、ある意味Xではない……。まあ、とにかく事件を解決することができてほんまよかった。探偵小説が禁じられることもなかったし」

小さく頷くと、乱歩が言う。

「ああ、そうだな。でも、あれから思うことがある。鬼塚の言っていたことも、あながち間違いではないのではないかと。やはりあの事件の背景には、探偵小説が深く関係していたのだよ。事件が起きた要因は、彼が言うとおりだったのかもしれない」

「確かにそうやな」

「まあ……あまり認めたくはないが、それが現実なのだ。いつか君が言っていたように、探偵小説は人間の罪悪を映し出す写し絵のようなものである。知ってか知らずか、誰しもの心のなかには、邪悪で残酷な衝動が潜んでいる。だから人間は、凶悪な犯罪や猟奇的な殺人事件に恐れ戦きながらも、深い興味を示すのだと思う」

粛々と乱歩は語り続ける。正史は黙って、彼の言葉に耳を傾けている。

「だから、私や君が書くような探偵小説は永遠に廃れないと思うよ。どんなに時代が変わっても、推理小説やミステリなどと呼び方は変われど、探偵小説は未来永劫書き続けられていくのだろう。我々と志を同じくするものたちが、それを継承し続けてくれるに違いないのだよ。私はそう信じている。人間の心のなかに『謎を知りたい』『真理を追究したい』という探究心と、邪悪で残酷な衝動に突き動かされるという恐るべき本能がある限りね……」

そして乱歩は、正史をじっと見た。

「だから、君は探偵小説を続けるべきだと思う。いつの時代も、人々は私や君が書くようなものを求めているはずだから」

「あんたの言うとおりにするわ。いずれにせよ、私には探偵小説を書き続けることしかできませんのやから。もとはといえばあんたが私を東京に連れてきたから、こんなことになったんやで。最後まで責任取ってもらわんとな」

正史の口元がわずかに綻んだ。乱歩はすかして、何食わぬ顔で茶を啜っている。

応接間の広い窓からは、穏やかな午後の陽光が差し込んでいる。

すると何かを思い出したように、乱歩は言う。

「それはそうと、結局君は今日、何をしにここに来たんだ」

「ああ、そうやった。実はあんたにどうしても会いたいという人がおって……。あんたの探偵小説の熱狂的な愛読者なんや。それもものすごい美少年の……」

　思わず彼は身を乗り出した。

＊　＊　＊

「以上です。僕が知っていることは、これで全部です」

「貴重なお話をありがとうございました。お疲れではないですか」

「いえ、大丈夫です」

　取材は二時間以上にも及んでいた。窓からは傾きかけた陽の光が差し込んでいる。

「それにしても、驚く話ばかりでした。江戸川乱歩と横溝正史が、現実に起こった猟奇的な事件に巻き込まれていたなんて。なぜ、今まで公になっていなかったのでしょう」

「さあ、僕には分かりません。心神喪失の話が関係していたので、封印されていたのではないでしょうか」

「そうですか。でもあなたはなぜこんなにも、この事件について詳しいのでしょうか」

「だから言ったじゃないですか。友人の井川和真から聞いたんだと」

「ああ、そうでした……。井川さんは今、どこにいらっしゃるんですか」

「残念ながら、それはお答えできません。でも彼とは時折会っていますよ……。僕が話したいと思ったら、いつでもすぐ、彼は呼びかけに応じてくれますから」

　彼は遠い目をしてそう言うと、皺だらけの顔で微笑んだ。

付き添いのジーンズ姿の若い女性が、申し訳なさそうに言う。

「それでは、もうそろそろ」

「ああそうでした。それではこれで終わりにします。本当にありがとうございました」

　取材相手は小さく頭を下げると、潑剌とした笑顔を私に向けた。その顔は、とても九十三歳には思えなかった。

　女性が立ち上がり、彼が座る車椅子のストッパーを解除する。彼女はこの大学の学生で、精神医療を専攻しているという。

　彼女が押す車椅子に乗せられて、取材相手はカフェテリアの出入り口の方へと消えていった。

　私はＩＣレコーダーの停止ボタンを押して、録音を終了する。

参考文献

書籍

『江戸川乱歩全集 第28巻 探偵小説四十年（上）』江戸川乱歩（光文社文庫）
『江戸川乱歩全集 第29巻 探偵小説四十年（下）』江戸川乱歩（光文社文庫）
『江戸川乱歩全集 第30巻 わが夢と真実』江戸川乱歩（光文社文庫）
『江戸川乱歩全集（昭和四十四年刊）月報1～15』（講談社）
『乱歩の軌跡』平井隆太郎（東京創元社）
『日本探偵小説全集2 江戸川乱歩集 解説――乱歩変幻』中井英夫（創元推理文庫）
『江戸川乱歩随筆選』紀田順一郎（ちくま文庫）
『孤島の鬼』江戸川乱歩（創元推理文庫）
『二青年図―乱歩と岩田準一―』岩田準子（新潮社）
『江戸川乱歩ワンダーランド』中島河太郎・責任編集（沖積舎）
『江戸川乱歩 誰もが憧れた少年探偵団』（河出書房新社）
『旧江戸川乱歩邸・ガイドブック』（立教大学江戸川乱歩記念 大衆文化研究センター）
『探偵小説五十年』横溝正史（講談社）
『探偵小説昔話』横溝正史（講談社）
『金田一耕助のモノローグ』横溝正史（角川文庫）

『横溝正史の世界』横溝正史（徳間書店）
『横溝正史読本』小林信彦・編（角川文庫）
『横溝正史自伝的随筆集』横溝正史　新保博久・編（角川書店）
『横溝正史に捧ぐ新世紀からの手紙』角川書店・編（角川書店）
『真説 金田一耕助』横溝正史（角川文庫）
『乱歩と正史　人はなぜ死の夢を見るのか』内田隆三（講談社）
『江戸川乱歩と横溝正史』中川右介（集英社文庫）
『別冊宝島１３７５号 僕たちの好きな金田一耕助』別冊宝島編集部（宝島社）
『別冊宝島１４４７号 僕たちの好きな明智小五郎』別冊宝島編集部（宝島社）
『ミステリーの社会学』高橋哲雄（中公新書）
『多重人格』和田秀樹（講談社現代新書）
『推理作家の出来るまで　下巻』都筑道夫（フリースタイル）

論文

『「男色」と「変態性欲」の間――「悪魔の弟子」と「孤島の鬼」における男性同性愛の表象――』
黒岩裕市（一橋論叢　第１３４巻　第３号）
『江戸川乱歩「孤島の鬼」論――同性愛に関する言説の揺れ――』ジェラルド・プルー（立命館文學
中川成美教授退職記念論集）

記事

『ある作家の周囲その10　横溝正史の周囲　日本推理小説界の支柱』大野宗昭（「宝石」昭和三十七年三月号）

『特集＝知られざる江戸川乱歩　男色まで実験した常識人』（「月刊噂」昭和四十六年九月号）

『男色の景色―いはねばこそあれ―』丹尾安典（「新潮」平成二十年二月号）

『ミステリー作家、怪物たちの記憶』（「オール讀物」平成二十年三月号）

『《特集・江戸川乱歩》少年』須永朝彦（「太陽」平成六年六月号）

『江戸川乱歩vs横溝正史「乱歩さんがいたから僕がある」亡骸の枕元で横溝は泣き崩れた』（「週刊ポスト」令和三年五月七日・十四日合併号）

『旧江戸川乱歩邸土蔵』（豊島区ホームページ）

本書は書き下ろしです。
この小説は事実に想を得たフィクションです。

長江俊和（ながえとしかず）

１９６６年、大阪府生まれ。映像作家・小説家。テレビの深夜番組「放送禁止」シリーズを制作し、熱狂的なファンを生む。さらに、監督として映画化。２０１４年、小説『出版禁止』を上梓して、話題になる。著作には「禁止」シリーズ、『ゴーストシステム』『東京二十三区女』などがある。文庫最新刊は『出版禁止ろろるの村滞在記』（新潮文庫）。

時空《じくう》に棄《す》てられた女《おんな》

乱歩《らんぽ》と正史《せいし》の幻影奇譚《げんえいきたん》

２０２４年２月26日　第一刷発行

著者　長江俊和《ながえとしかず》
発行者　森田浩章
発行所　株式会社　講談社
〒１１２-８００１　東京都文京区音羽２-12-21
電話　（出版）０３-５３９５-３５０５
（販売）０３-５３９５-５８１７
（業務）０３-５３９５-３６１５
本文データ制作　講談社デジタル製作
印刷所　株式会社ＫＰＳプロダクツ
製本所　株式会社国宝社

ISBN 978-4-06-534466-8
N.D.C.913 246p 19cm

KODANSHA